오페라 오디세이

푸치니, 100년의 고독을 넘어 불멸의 선율로

오페라 오디세이

푸치니, 100년의 고독을 넘어 불멸의 선율로

최 철 지음

평민사

프롤로그:
푸치니, 100년의 고독을 넘어 불멸의 선율로

주세페 베르디의 뒤를 이어 이탈리아 오페라의 찬란한 황금기를 완성한 거장, 자코모 푸치니(Giacomo Puccini, 1858~1924). 그는 〈라 보엠〉, 〈토스카〉, 〈나비부인〉, 그리고 미완의 유작 〈투란도트〉에 이르기까지, 인류 역사상 가장 큰 사랑을 받은 작품들을 빚어낸 시대의 흥행술사이자 고독한 예술가였습니다.

저와 푸치니의 운명적인 만남은 이탈리아 유학 시절로 거슬러 올라갑니다. 당시 그가 완성한 마지막 오페라인 〈삼부작(Il Trittico)〉을 로마에서 마주했던 순간의 전율을 저는 지금도 잊지 못합니다. 단테의 『신곡』에서 영감을 얻어 인간사의 비극과 희극을 세 개의 단편에 녹여낸 이 걸작은 저에게 무한한 예술적 영감을 주었으며, 훗날 푸치니 연구라는 긴 여정을 시작하게 만든 결정적인 촉매제가 되었습니다.

푸치니를 향한 학문적·예술적 애정은 저를 그의 고향 루까

(Lucca)로 이끌었습니다. 그곳의 공기를 마시고 그가 거닐던 길을 따라가며, 작품 이면에 숨겨진 방대한 자료들을 수집하고 연구하는 데 몰두했습니다.

특히 2024년, 푸치니 서거 100주년을 기념하여 『전남일보』의 '최철의 오페라 오디세이'를 통해 진행한 특별 연재는 이번 저서를 구상하는 소중한 밑거름이 되었습니다. 저는 이 책에서 푸치니의 생애와 음악뿐만 아니라, 그와 함께 오페라의 르네상스를 이끌었던 주역들과 주변 인물들, 그리고 당시의 사회적 현상들을 입체적으로 분석하고자 했습니다.

본서는 푸치니가 남긴 12편의 오페라를 단순한 음악적 분석에 가두지 않고, 인문학적 시각에서 재해석하는 데 중점을 두었습니다. 오페라가 특정 계층의 전유물이 아니라, 누구나 누릴 수 있는 보편적인 예술임을 알리고 싶었기 때문입니다. 푸치니의 예술 세계를 처음 접하는 이들도 쉽게 이해하고 공감할 수 있도록, 친절하고 명쾌한 길라잡이가 되도록 구성에 정성을 다했습니다.

이 책이 나오기까지 든든한 버팀목이 되어주신 분들께 감사의 마음을 전합니다. 귀한 지면을 허락해주신 『전남일보』와 이번 출간의 소중한 밑거름을 다질 수 있도록 아낌없이 도와준 오랜 친구 최권범 국장에게 깊은 감사를 드립니다.

『오페라 오디세이-푸치니, 100년의 고독을 넘어 불멸의 선율로』가 푸치니라는 거대한 산맥을 오르는 독자들에게 따뜻한 지팡이가 되고, 그의 선율이 전하는 인간적인 위로와 감동을 만끽하는 통로가 되기를 소망합니다. 100년 전 푸치니가 세상을 떠나며 남긴 선율은 여전히 우리 곁에서 살아 숨 쉬며, 가장 뜨거운 인간의 언어로 말을 건네고 있습니다.

2025년 12월
봉선동 자택 서재의 연구실에서

차례

제1부

푸치니의 생애와 예술

1.
푸치니 오페라의 이해

푸치니는 12곡의 오페라를 작곡하였고 그의 모든 작품들마다 새로운 시도와 도전을 통하여 자신만의 독특하고 애절한 선율 구조를 만들어 왔다. 푸치니의 오페라는 후기 낭만주의가 지양하는 감상주의적 모습을 지닌 〈마농 레스코〉(Manon Lescaut, 1893), 사실주의 시작인 〈라 보엠〉(La Bohème, 1896), 이국주의적 요소를 가미한 〈나비부인〉(Madama Butterfly, 1904)과 〈투란도트〉(Turandot, 1926), 독특한 3부 형식의 오페라 〈삼부작〉(Il Trittico, 1918) 등 다양한 모습으로 그의 작품세계를 구축해 나갔다.

이러한 점은 동시대 많은 작곡가들에게 영향을 주었고 특히 이탈리아인들이 추구하였던 따뜻하고 서정적인 선율을 바탕으로 현악기가 주도한 대규모 관현악 선율을 실현한 점은 그만이 갖는 음악적 특징이라 할 수 있다. 또한 그의 오페라가 일반 관객들에게 가깝게 다가서고 심금을 울린 것은 그의 작품에서 흥행사적 감각과 연출, 무대 등 전반적인 극장에 관한 이해와 노력이 있었

애연가였던 푸치니의 1908년의 모습. [A 듀폰트]

음을 알 수 있다.

특히 좋은 대본을 얻기 위해 남다른 집착을 보여서 자기가 선택한 작품의 대본을 신중하고 세밀히 검토하여 최고의 대본을 만들었고 이러한 이유로 대본가들과 잦은 마찰을 빚으면서까지 작품을 완성해 나가는 것을 보면 알 수 있다. 그가 남긴 말 중 "좋은 대본이 없으면 내 음악은 쓸모가 없다."라는 말에서 좋은 대본을 향한 그의 집념과 노력을 엿볼 수 있을 것이다.

19세기 후반은 작곡가들이 새로운 음악 소재를 찾는 데 심혈을 기울이고 있었다. 이러한 시대 흐름의 중심에 있던 푸치니는 오케스트라에 자신만의 특별한 이색적인 음향과 절제와 강렬함이 숨쉬는 색채를 묘사하였으며 이를 바탕으로 수려하며 선율적인 성악 파트로 만드는 특기를 지니고 있었다.

그의 오페라에서는 독창이나 중창에서 현악기로 연주하거나 약간의 목관악기로 연주하므로 성악 부분을 잘 드러내는 기법을 가지고 있었고 극적 클라이맥스에는 금관악기나 타악기를 저음부로 깔아주면서 긴장감을 늦추지 않고 점차 효과를 노리는 수법을 사용하고 있다. 그리고 베르디(Giuseppe Fortunino Francesco Verdi, 1813~1901)가 합창을 수준 높게 사용한 것처럼 푸치니 역시 대규모의 합창 장면을 선보이고 장식적 기능에서 더 의미 있는 장면 연출을 기용하는 묘미를 보여주고 있다.

또한 푸치니는 선율 주의자로 오케스트라의 다성부를 호모포

이탈리아 토레델라고 푸치니 페스티벌 극장. [Puccinifestival.it]

니*로 축소하는 기법에서 뛰어남을 알 수 있다. 푸치니는 화성적 뒷받침이나 극적 사건의 투명성보다 관객들에게 감정을 제대로 전달하여 믿게 만드는 것에 중점을 두었다. 이를 위한 그의 표현수단은 화성적 해석을 자체적으로 포함하고, 오케스트라의 도움으로 가능한 한 그 표현력을 깊이 있는 선율로 구성하는 것이었다. 그 결과 그의 작품들은 호모포니 원칙으로 만들어졌으며 이러한 점들이 그의 음악을 전반적으로 유도해 나가고 있다고 볼 수 있겠다.

푸치니 오페라에서 감각적으로 따뜻하게 녹아내리는 아름답고 수려한 성악부의 선율은 푸치니 오페라의 강점이라 할 수 있다. 즉 적극적인 감정의 직선적 표현과 바로 그런 감정의 호소로

---

*호모포니(Homophony)는 하나의 주된 선율을 중심으로 다른 성부들이 이를 화성적으로 뒷받침하며 함께 진행하는 음악적 짜임새를 말한다.

인하여, 관객들이 다가설 수 있도록 그 느낌이나 정서에 호소하는 것을 말한다.

예를 들어보면 오페라 〈라 보엠〉 1막에 처음 나오는 로돌포의 아리아 '그대의 찬 손'(Che gelida manina)과 이어지는 2중창 '오 사랑스러운 아가씨'(O soave fanciulla), 또는 〈토스카〉의 '노래에 살고 사랑에 살고'(Vissi d'arte vissi d'amore)와 〈나비부인〉의 '어느 개인 날'(Un bel di) 같이 우리에게 익숙한 아리아들과 2중창을 생각해 보면 될 것이다. 이러한 형태의 멜로디는 때때로 어떤 특정한 장면의 전반적인 느낌을, 하나의 순수하고 응집된 표현의 순간으로 끌어모으는 것처럼 보이는 강렬함을 지니고 있다.

1) 제1기 : 오페라 작곡가로서 도전의 시기

푸치니는 그의 출세작 오페라 〈마농 레스코〉의 성공을 통하여 이탈리아의 중요한 오페라 작곡가 반열에 올랐다. 그의 이러한 성공은 먼저 작곡된 오페라 〈요정 빌리〉(Le Villi, 1884)와 〈에드가르〉(Edgar, 1889)의 실패 원인인 대본의 빈약함의 교훈을 바탕으로 직접 대본 작업에 참여하여 완벽한 대본을 토대로 작곡하여 얻어낸 결과라고 할 수 있다.

〈요정 빌리〉, 〈에드가르〉, 〈마농 레스

1893년 2월 1일 토리노 왕립극장에서 세계 초연된 〈마농 레스코〉 2막 마농의 의상. [스칼라 극장 박물관]

코〉의 탄생 과정 속에서 푸치니는 착오를 극복해내는 모습을 통해 주목받는 작곡가로 서게 되었다.

2) 제2기 : 최고의 오페라 작곡가 반열에 오른 황금의 시기

오페라 〈마농 레스코〉의 성공을 통해 오페라에서 주목받기 시작한 그는 황금의 트리오로 불리는 대본가 일리카와 자코사와 함께 1895년부터 1903년 사이에 그의 3대 오페라라 불리는 〈라 보엠〉, 〈토스카〉, 〈나비부인〉을 내놓게 되는데 그의 이 세 작품은 푸치니의 자리를 확고하게 해주었다.

〈라 보엠〉은 〈마농 레스코〉의 관현악 기법보다 빈약하다는 지적도 있었으나 〈마농 레스코〉의 억제력 없는 오케스트라에 비하면 진일보됐다고 할 수 있다. 당시 드라마틱한 표현과 비교하여 음향적으로는 약하다는 비판은 주요한 장면 때마다 그려내는 성악 선율로 보완해 주었다. 수정된 부분 중 2막에서 미미의 모자에 대해 이야기하는 곳에 앙상블을 삽입하고 관현악 화성을 확대한 것은 스테이지의 타이밍에 대해 그의 감각이 옳다는 것을 증명해 준다. 또한 주요 인물이나 사건 모티브를 반복적으로 사용하여 음악 흐름의 일관성을 보여준 것은 그의 작품의 기법이라고 할 수 있다.

〈라 보엠〉의 여주인공과는 완전 다른 작품을 선보인 푸치니는 오페라 〈토스카〉를 1896년부터 1899년까지 4년에 걸쳐 완성하여 로마에서 초연되었으며 대단한 성공을 거두었다. 사실주의적 기법으로 작곡하기에 최적의 작품이라는 영감을 받은 푸치니

푸치니 박물관* 앞의 동상. 푸치니가 태어난 아파트, 루까의 중심지 치타델라 광장 (Piazza della Cittadella) 앞.

는 1896년에 작업을 시작해 4년 만에 작곡을 완성하였다. 처음엔 〈라 보엠〉과 마찬가지로 기대만큼 성공을 거두지는 못했지만, 공연이 계속될수록 그의 오페라 중 손꼽히는 인기 작품이 되었다.

　〈라 보엠〉의 풍부한 서정적 분위기와는 달리 그의 다섯 번째 오페라 〈토스카〉는 로맨틱한 줄거리에 사실주의 음악으로 가득 찬 프랑스어를 이탈리아어로 고쳐 작곡한 흥미로운 오페라이다. 베리즈모(사실주의)의** 영향을 받은 오페라로, 어둡고 비극적인 주

*필자가 23년전 방문했던 이탈리아 루카(Lucca)에 위치한 푸치니 박물관은 작곡가 자코모 푸치니의 생가로, 그가 태어난 곳이자 어린 시절을 보낸 공간이다. 그곳에는 푸치니가 작곡에 사용했던 책상, 피아노, 그리고 유품 등 그의 삶과 작품세계를 엿볼 수 있고 다양한 자료들이 전시되어 있을 뿐만 아니라 푸치니와 연관된 다양한 서적을 판매하는 곳이기도 하다. 푸치니가 작업했던 책상 옆 창을 통해 위를 보면 천사상의 교회 종탑이 보인다. 저자에게는 이 광경이 〈라 보엠〉의 다락방에서 시를 쓰는 로돌포와 〈토스카〉의 천상의 성을 연상하게 만들었다.

**사실주의 음악은 19세기 후반부터 20세기 초에 걸쳐 나타난 경향으로 예술이

〈마담 버터플라이〉 포스터. 1914년.

제를 푸치니 특유의 극적 스타일 안에서 아름답고 유려한 선율로 채색해 놓은 것이 이 오페라의 특징이다. 〈토스카〉는 마스까니의 〈까발레리아 루스티까나〉(Cavalleria Rusticana, 1890)와 레온까발로의 〈팔리아치〉(Pagliacci, 1892)의 영향을 상당히 많이 받았는데 작품에 드러나는 드라마와 음악의 조화, 그리고 등장인물의 사실적 묘사와 극적인 음악 표현 등이 이전 작품보다 두드러졌다.

〈토스카〉 이후 4년 만에 탄생한 〈나비 부인〉은 이국적이며 서정적 오페라로서 인기 있는 작품이다. 푸치니는 1900년 여름 런던에서 장기흥행으로 인기를 누리고 있는 벨라스코의 연극 〈나비부인〉을 보고 깊은 감명을 받았는데, 이 대본은 롱이 실화를 바탕으로 쓴 영어원작 소설을 이탈리아어로 번역하여 완성한 작품이다. 음악적인 측면에서는 그는 동양의 분위기를 묘사하기 위해 일본의 5음 음계의 전통음악을 적절히 사용하고 있으며 정교한 조바꿈과 동기의 취급, 아주 적합한 악기의 사용, 특히 타악기와 관악기의 고음 사용법이 이국적 정서를 효과적으로 나타내고 있다.

현실의 고통과 삶의 진실을 가감없이 반영해야 한다는 철학에서 시작되었다. 음악사에서는 주로 베리즈모(Verismo)라는 용어로 통용되며, 특히 이탈리아 오페라를 중심으로 발전했다.

제2기의 푸치니의 3대 오페라 〈라 보엠〉, 〈토스카〉, 〈나비부인〉은 꾸준한 소재의 발굴과 그의 열정의 결과로 대성공의 길을 열어놓았다. 또한 한층 성숙된 사실주의 음악 기법과 감각적이며 서정적인 선율과의 조화를 통해, 흥행사적 감각을 표출하였다. 이로써 푸치니는 자신만의 색깔을 드러내는 데 성공하며, 당시 베르디를 잇는 최고의 이탈리아 오페라 작곡가의 반열에 오르게 되었다.

3) 제3기 : 새로운 음악을 향한 도전과 원숙기

〈나비부인〉을 작곡하고 7년 후 푸치니는 새로운 소재를 바탕으로 한 〈서부의 아가씨〉의 착수에 들어간다. 이 작품은 푸치니가 유럽에서 오페라 작곡가로 대성공을 이룬 후 〈나비부인〉을 미국에서 공연하고자 뉴욕으로 건너간 계기로 만들어진 것으로 오페라 후속 테마를 찾던 그에게 〈서부의 아가씨〉(La Fanciulla del West, 1910)는 매우 뜻밖의 수확이었다. 내용은 서부 개척시대 캘리포니아 마운틴 금광촌에서 한 남자와 술집 처녀 미니의 극적인 사랑 이야기를 다룬 것이다. 그리고 〈서부의 아가씨〉가 공연된 후 오래전부터 구상해오던 3부작 오페라 작곡을 서두르면서 단테 『신곡』으로부터 아이디어를 얻게 되어 그의 꿈을 실현하게 된다.

먼저 〈삼부작〉 중 오페라 사실주의 냄새가 물씬 풍기는 〈외투〉(Il Tabarro, 1918)와 두 번째 작품인 종교적 분위기의 〈수녀 안젤리카〉(Sour Angelica, 1918), 그리고 단테의 『신곡』에서 소재를 가져온 〈잔니 스끼끼〉(Gianni Schicchi, 1918)를 작곡하였다. 그 후 미

피아노 앞의 푸치니. [Archivio Storico Ricordi]

완성 오페라인 〈투란도트〉를 작곡하게 되는데 이 작품은 후에 후
배 작곡가인 알파노(Franco Alfano, 1875~1954)에 의해 완성된다.
이 시기 푸치니는 새로운 소재를 향한 도전과 무르익은 기량으로
그의 마지막 생애까지 멈추지 않는 열정으로 명작을 남겨주었다.

작곡가의 새로운 소재를 향한 집념을 엿볼 수 있는 서부극 오페
라 〈서부의 아가씨〉는 미국 서부의 지리적 요건과 당대의 사회적
분위기를 묘사하기 위해 밴조우 같은 악기와 서부의 발라드를 비
롯하여 재즈의 요소, 인디언과 멕시코의 리듬과 멜로디까지 동원
하여 개척시대의 분위기를 의욕적으로 살리려고 노력했다.

또한 베리즈모 오페라에서 볼 수 있는 서사적인 대사 처리와 장
면마다 사실감 있는 분위기 묘사를 위해 배우들이나 무대 구성의
세세함까지 지시어를 통해 설명해 놓았다. 내용 면에서 지루한 부

분도 있지만 전체적인 분위기가 이국적이면서 극중 도처에 번뜩이는 예리한 심리묘사나 팽팽한 긴장감은 푸치니의 원숙된 기량과 능수능란한 기지를 엿볼 수 있는 작품이라 평할 수 있다.

〈서부의 아가씨〉 초연 이후 6년이 지나 오페라 〈제비〉가 완성되었다. 이 오페라는 푸치니의 음악세계를 펼쳐 보이는 원숙기의 작품으로 오페레타적인 분위기를 갖춘 산뜻하고 세련된 음악극을 시도하였다. 그러나 이러한 시도와는 달리 어중간한 극의 구조와 부족한 서사로 그의 오페라 중 가장 실패한 작품이 되었다. 〈제비〉가 완성된 1916년 푸치니의 특별한 3부작 중 첫 작품인 〈외투〉가 완성되고 그 이듬해를 기점으로 매년 두 개의 삼부작 후속 오페라가 작곡되었다.

〈삼부작〉(Il Tritico, 1918)은 그의 모든 음악적 기교와 철학이 모두 담긴 최후의 완성된 작품으로 단테『신곡』의 형식과 소재를 차용하여 사실주의적 세밀한 필치로 그려낸 걸작이다. 〈투란도트〉는 가장 스펙타클한 규모로 중국 고대 전설의 이야기를 다루고 있다. 문학적 소재와 음악 모두 그의 이전의 작품에서 보여줬던 소재와는 다르게 전설을 바탕으로 쓰여졌다.

이 오페라의 주제는 인간의 본성을 바탕으로 한 사랑과 증오가 주제인데 복수의 화신이 된 냉혹하고 자존심 강한 공주 투란도트가 사랑에 눈떠서 부드러운 여성으로 바뀐다는 이야기에 어울리도록, 푸치니는 음악과 드라마에 환상과 현실을 잘 결합해 보여주고 있다.

따라서 이 작품에서는 〈나비부인〉에서 보여줬던 이국적 색채의 또 다른 세계를 연합해 가면서 푸치니가 사용할 수 있는 모든 재능을 포괄적으로 보여준 훌륭한 대작이다. 특히 중국의 선율과 참신한 리듬, 과감한 비화성 사용, 그리고 악기의 음색 등에서 동양적인 매력과 개성을 융화시킴으로써 위화감 없는 분위기를 자아내고 있다.

앞의 작품에서 보여주었던 인물의 성격과 악기의 음색의 선별적 사용은 눈에 띄는 특징 중 하나이다. 엄청난 크기의 궁정의 배경은 금관악기를 주로 사용하였고, 남자주인공 칼라프 왕자는 현악기, 투란도트 공주는 목관 편성과 현을, 하녀 류는 부드러운 음색의 목관과 현의 솔로를 사용하였다. 세 사람의 고관(핑, 퐁, 팡)은 목관과 피콜로, 첼레스타 등의 고음으로 동양적인 광대의 느낌을 주어서 원숙한 예술미를 보였다.

세 사람의 광대가 주는 해학적인 요소는 〈라 보엠〉, 〈나비부인〉,

첼레스타(종소리와 비슷한 음색이 특징적이며 건반을 이용해 빠르게 연주할 수 있어서 오케스트라의 음향에 다채로운 효과를 더해준다)

〈잔니 스끼끼〉 등에서 사용되었던 코믹적 요소들이 더욱 발전하여 도입되었으며, 1막에서 투란도트의 수수께끼를 맞히지 못한 젊은이가 처형당하는 장면의 합창에서 한꺼번에 쓰이는 복조(Polytonality)는 푸치니의 새로운 시도였다.

불행하게도 〈투란도트〉의 3막 1장에서 류의 죽음 장면을 마지막으로 푸치니는 후두암으로 공주와 칼라프의 사랑의 2중창 완성을 하지 못하고 사망한다. 하지만 이 위대한 2중창과 나머지 20분 분량의 미완성 부분은 알파노에 의해 완성되어 1926년 밀라노 라 스칼라에서 초연돼 역사적 성공을 거두었으며 야외오페라 또는 대형무대에서 오르는 그랜드 오페라로 탄생되었다.

　이같이 이 시기를 통하여 푸치니의 새로운 소재에 관한 열망과 오페라 부파부터 그랜드 오페라 영역까지 도전하는 그의 실험정신을 발견할 수 있었으며 이러한 실험은 축적된 그의 원숙한 음악 기법과 특유의 흥행사적 기질로 역사 속에 최고의 오페라 작곡가로 남을만한 업적을 만든 시기였다.

　이러한 발전을 가능하게 했던 것은 새로움을 향한 그의 열정과 청년 시절 베르디의 오페라 〈아이다〉(Aida)를 보고 다짐했던 것을 이루어 나가는 과정 중 하나였다. 항상 새로운 소재를 찾고 그것을 작품화하는 과정에서 엄청난 심혈을 기울였는데 그가 초기 작품의 실패를 그냥 지나쳐 버리지 않고 철저한 분석과 교훈으로 대본 작업에 특히 많은 열정을 쏟았던 것이 밑받침되었다. 또한 청중을 사로잡는 흥행사적 기질과 무대와 연출, 그리고 배우들의 연기까지 세심히 지시하는 태도는 푸치니 오페라가 무한 경쟁에서 그를 빛나게 하는 힘이라고 평할 수 있다.

2.
최고의 오페라 대본을 쫓는 푸치니

오페라 작곡가 푸치니는 "나는 정열의 사냥꾼이다. 먼저 거위를 쫓고, 최고의 오페라 대본을 쫓고, 매력적인 여성을 쫓는다!"라는 말을 했다. 이러한 푸치니의 언급은 드라마가 대본 놀음이라는 말과 같이 오페라 역시 음악극으로 대본의 중요성을 인지하고 그가 왜 완성된 대본의 퀄리티를 강조했는지 엿볼 수 있는 대목이다.

푸치니 오페라의 대본은 이탈리아의 문학보다는 프랑스나 독일, 미국 등의 문학작품을 중심으로 이루어졌다. 단테의 〈삼부작〉, 〈잔니 스끼끼〉와 〈수녀 안젤리카〉를 빼놓고는 거의 이탈리아 이외의 문학작품과 희곡에 관한 관심이 깊었다. 그는 새로운 소재에 관한 열망을 오페라에 투영하기 위해 부단히 노력했다.

푸치니는 대본가의 추천이나 극장에서 의뢰를 받은 작품도 있었지만, 그의 주요 작품은 거의 자신이 선택하고 대본가와 함께 작업에 참여했다. 그의 대표작 〈마농 레스코〉와 〈라 보엠〉은 소설을 통해 〈토스카〉, 〈나비 부인〉, 〈서부의 아가씨〉, 〈외투〉는 연극을 통해 자신이 직접 발굴한 작품 소재들이다. 푸치니는 오페라 대본 작업에 늘 세심한 관심을 보였으며 대본가들과 항상 공동으로 참여하여 음악과 문학을 연결하며 성공적으로 성취해나갔다.

푸치니의 초기 오페라 두 작품을 쓴 페르난디노 폰타나. 푸치니의 스승 폰키엘리의 소개를 받았다.

푸치니의 첫 작품은 대본료가 없어 작품을 올리지 못하고 있었다. 이러한 모습을 안타까워하던 푸치니 스승인 폰키엘리(Amilcare Ponchielli, 1834~1886)의 도움으로 대본가 폰타나(Ferdinando Fontana, 1850~1919)를 소개받게 되었고, 그들의 조력으로 푸치니의 데뷔작이 탄생하게 된다. 그의 첫 작품 오페라 〈요정 빌리〉, 그리고 이어서 〈에드가르〉를 폰타나와 함께 작업하였다.

그러나 이 두 작품은 음악적인 요소보다는 탄탄하지 못한 대본으로 인하여 큰 성공을 거두지 못하였다, 하지만 음악의 완성도를 높이 산 당대 오페라 제작계의 가장 큰손인 리코르디와 만날 수 있었고 훗날 리코

줄리오 리코르디(Giulio Ricordi). 푸치니의 가장 든든한 후원자로 그에게 많은 대본가를 소개했다. 베르디, 푸치니 등 유명 작곡가의 판권을 소지하고 있다.

르디의 후원 아래 승승장구하게 된다. 푸치니는 두 작품을 통해서 대본의 중요성을 인식하게 되었고 음악 못지않게 심혈을 기울여야 할 분야가 대본이라는 것을 알게 되었다.

한국이 드라마 강국인 이유가 무얼까? 근래 한국의 K-드라마는 지역과 언어, 인종을 뛰어넘어 세계인들에게 사랑을 받고 있다. 특히 새로운 미디어 매체인 OTT 시장이 확대되며, 한류 드라마는 확장일로를 걷고 있다. 대부분의 한류 영화나 드라마 성공의 공식을 보면, 소재와 더불어 유명 작가의 대본이 성공의 가장 주요한 부분으로 인식되며 특징으로는 탄탄한 스토리와 폭넓은 소재들이 잘 녹아들어 있음을 볼 수 있다.

이와 마찬가지로 당시 최고의 인기를 구가하던 오페라 분야 역시, 가수들의 '비르투오소적'(Virtuoso, 성악적 고난위도 기술)인 수려함과 음악에 의존하였다. 그러나 사실주의 오페라 시대의 도래와 함께 신선한 소재와 더불어 좀 더 세밀한 필치로 잘 짜인 구조의 대본이 오페라의 성공을 가늠한다는 것을 인식한 푸치니는 심기일전하여 오페라 〈마농 레스코〉를 준비했다.

이 작품은 오늘날의 천재 오페라 작곡가 푸치니의 명성을 처음 얻게 해준 작품이다. 프랑스 소설가인 아베 프레보의 『기사 데 그 뤼와 마농 레스코 이야기』(Histoire du Chevalier des Grieux et de Manon Lescaut, 1731)를 기초로 루제로 레온카발로, 마르코 프라가, 도메니코 올리바, 루이지 일리카, 주세페 자코사가 푸치니와 대본의 완성도를 높이기 위해 함께 했다.

훗날 푸치니는 이들 중 루이지 일리카와 주세페 자코사와 함께 푸치니의 3대 오페라로 불리는 〈라보엠〉, 〈토스카〉, 〈나비부인〉을 제작하였으며, 엄청난 인기와 더불어 당시 이탈리아 오페라의 부흥기를 이끈 푸치니, 일리카, 자코사를 일컬어 '황금의 삼총사'라고 불렀다.

1895년부터 1903년 사이에 작곡된 이들 작품의 성공은 대본가 일리카와 자코사의 역할이 뛰어났

1907년 1월 19일 자코모 푸치니가 티토 2세 리코르디에게 오페라 〈나비부인〉의 뉴욕 초연에 대한 감상 및 인사를 보낸 편지. [Archivio Storico Ricordi]

기 때문이다. 이 두 대본가는 푸치니와 함께 대단한 응집력을 자랑했다. 그들은 까다로운 푸치니의 의도에 맞게 대본 작업을 같이 해 나갔으며, 푸치니와의 잦은 마찰에서도 서로의 충분한 의견 교환을 통해 푸치니가 원하는 대본을 완성 시켰다.

일리카와 자코사는 역할이 각각 분담되어있었다. 일반적인 대본 작업과 시적 표현을 담당하는 작업을 이분화하여 역할을 달리한 것이다. 일리카가 만든 스토리에 자코사가 시적 아름다움으로 감성을 풍부하게 울렸다는 것이다. 푸치니는 대본에 민감하게 반응했다. 대본가들에게 많은 요구를 했을 뿐만 아니라, 자신의 의

(위) 푸치니와 함께 '황금의 시대'를 이끈 두 대본가 일리카(Luigi Illica, 1857~1919)와 자코사 (Giuseppe Giacosa, 1847~1906). (아래) 토레 델 라고에 있는 그의 집 스튜디오에 있는 자 코모 푸치니, 줄리오 리코르디에게 바치는 헌정 사진, 1909년. [Archivio Storico Ricordi]

(좌) 푸치니의 오페라 〈서부의 아가씨〉의 대본을 쓴 구엘포 치비니니(Guelfo Civinini, 1873~1954). (우) 중앙의 푸치니와 왼쪽의 레나토 시모니(Renato Simoni, 1875~?), 오른쪽의 주세페 아다미(Giuseppe Adami, 1878~1946). 시모니는 푸치니의 미완성 오페라 〈투란도트〉의 대본 작업을 했다.

견을 적극적으로 개진하며, 이로 인해 심한 분쟁 때문에 갈라설 정도였다고 전해진다. 이럴 때마다 적극적으로 대본가를 소개한 리코르디가 개입하여, 다툼을 조정하였다고 한다.

　푸치니는 오페라 〈나비부인〉을 끝으로 일리카, 자코사와 결별을 하게 된다. 그리고, 이후 푸치니는 새로운 도전과 완숙기인 1910년부터 자신이 생을 마감하는 1924년까지 새로운 대본가들과 작품을 만들었다. 리코르디는 카를로 찬가리니와 구엘포 치비니니를 푸치니에게 소개했다. 푸치니는 이 둘의 공동 작업의 산물로 〈서부의 아가씨〉를 작곡했다. 푸치니는 이어 주세페 아다미의 대본으로 〈제비〉와 〈외투〉를 탄생시켰다. 그리고 조바끼노 포르차노의 대본으로 〈수녀 안젤리카〉와 〈잔니 스끼끼〉를, 이어 주세페 아다미와 레나토 시노미의 대본으로 미완성 유작 〈투란도트〉를 작곡했다.

푸치니와 함께. 〈외투〉, 〈제비〉, 〈투란도트〉의 대본을 맡은 대본가 주세페 아다미.

푸치니는 항상 새로운 소재를 찾았다. 그러기 위해 여러 소설을 접했을 뿐만 아니라, 그는 특히 연극 관람을 즐겼다고 한다. 그리고 그 작품에서 발견한 뮤즈를 작품에 자신이 의도대로 대본에 담아낼 수 있도록 주문하였다. 푸치니는 자신의 오페라에 관하여 완벽주의자였다. 그래서인지 대본 안에 수많은 지시어를 집어넣어 자신이 생각하는 무대와 배우들의 움직임 그리고 음악적 표현까지 과하다 할 정도로 묘사하고 있다.

그리고 출연진 캐스팅부터 연출을 비롯한 전 제작 과정에 참여하여 자신의 의도대로 작품이 올려지도록 요구했다. 그가 제작 과정에서 하는 무리한 요구와 간섭은 제작진들과 잦은 마찰을 일으켰지만, 결과를 놓고 봤을 때 그가 흥행술사로 불릴 만큼 이루어낸 성공은 거의 광기에 가까울 정도로 작품에 몰입하는 그의 유별난 성격 때문은 아닐까?

푸치니의 오페라 대본집을 읽어보면 오페라뿐만 아니라 연극이나 뮤지컬, 또는 영화나 드라마로 다시 제작된다 해도 부족함이 없는 것을 알 수 있다. 그래서일까? 브로드웨이 뮤지컬 분야를 휩쓸고 있는 〈렌트〉(Rent)가 〈라 보엠〉을 현대화한 작품이며, 푸치니

의 오페라 〈나비부인〉, 〈토스카〉
는 뮤지컬과 영화로 〈잔니 스끼
끼〉는 연극으로 재탄생되어, 지
금도 원작 오페라와 함께 대중의
사랑을 받고 있다.

푸치니에게 처음의 실패는 평
생 성공 가도를 달리게 하는 초
석이 되었다. 무리할 정도로 대본
에 집착하고 흥행할 수 있는 소
재를 바라보는 탁월한 시선은 사
후에도 그의 신화를 100년이 지
난 지금까지 써 내려가게 하고

대본가 조바키노 포르차노(Giovacchino
Forzano, 1884~1970)와 푸치니. 푸치니
의 마지막 완성된 오페라 〈잔니 스끼
끼〉의 대본을 썼다. [Archivio Storico
Ricordi]

있다. 그리고 훗날 우리에게도 탄탄한 스토리로 엮어진 대본과 소
재의 중요성을 이야기하며 같은 공식으로 문화의 흐름을 바라보
게 만든다.

[Tip]
이탈리아 최고의 오페라 작곡가인 베르디와 푸치니의 후원자로 알려진 줄리오 리
코르디(Giulio Ricordi, 1840~1912)는 이탈리아의 편집자, 제작자 음악가로, 1863
년 세워진 가족 회사인 까사 리코르디(Casa Ricordi) 음악 출판사 당시 회사 창립자
조반니 리코르디(Giovanni Ricordi)의 아들이다. 푸치니를 발굴했을 뿐만 아니라,
작곡가 폰키엘리(Amilcare Ponchielli), 카탈라이(Alfredo Catalani), 고메스(Carlos
Gomes), 죠르다노(Umberto Giordano)를 발굴하고 후원하였다. 유럽의 최고 음악
출판사 중 하나인 리코르디사는 위 작곡가의 판권을 가지고 있으며, 악보판매뿐만
아니라, 전 세계에서 올려지는 위 작곡가 작품들의 음원 사용료를 통해 많은 수익
을 올리고 있다.

3.
가극의 왕 베르디와 푸치니를 발굴한 '리코르디'

학창 시절 음반과 악보를 모으는 것이 기쁨 중 하나였던 저자에게 이탈리아 유학 시절 로마의 서점 '리코르디(Ricordi)'는 수집광인 나에게 카타르시스를 안겨주는 최고의 장소였다. 아날로그 시대 이탈리아 통화가 유로화가 아닌 리라였던 당시는 생활비와 레슨비를 제외한 거의 모든 돈을 이곳에서 사용할 정도로 한국에서 보기 어려웠던 수많은 악보와 음반을 만날 수 있는 매력적인 장소였다.

리코르디(Casa Ricordi, 카사 리코르디/리코르디 가문/대부분 '리코르디'로 통용)는 주로 오페라 악보와 더불어 고전 클래식 음악을 중심으로 악보를 펴내는 출판사의 이름이다. 이 이름은 창업자인 조반니 리코르디(Giovanni Ricordi, 1785~1853)의 퍼스트 네임으로 리코르디 가문은 이탈리아 악보 출판업을 지속 발전시켜왔으며 오페라에

리코르디 창립자
조반니 리코르디.

34

관해서는 특히 세계에서 독보적인 권위를 가진 음악 출판사라고 할 수 있다. 20세기 초 전문 경영인이 영입되기 전까지 4대에 걸쳐 가족 경영을 통해 전통과 신뢰를 쌓아 왔으며, 세계적인 오페라 작곡가라 할 수 있는 가극의 왕 베르디와 20세기 최고의 오페라 작곡가라 불리는 푸치니를 발굴하고 후원한 가족 기업이기도 하다.

바이올린 연주자였던 조반니 리코르디는 오케스트라 연주자로 이탈리아와 독일에서 활동하다가, 독일 라이프치히에서 악보 제판 기술을 배워서 1809년에 출판사를 차렸다. 리코르디가 출판사를 세운 1800년대는 혁신의 시대였다. 정치 사회적으로는 프랑스 혁명으로 인해 유럽의 정치, 사회가 급격한 변화를 맞닥뜨리고 있었으며 이러한 변화를 이끄는 바탕에는 정치, 사회, 문학을 포함한 예술 등 사회 전반의 모든 분야의 고도화를 이끈 인쇄술의 발달이 변화를 주도하였다고 볼 수 있다. 인쇄술의 발달은 예술과 지식 정보를 향유할 수 있는 주체가 귀족을 비롯한 소수가 점유하던 것을 이제 원하는 사람이면 누구든지 손쉽게 접할 수 있도록 하였으며 이것은 대중이 사회 주체가 되는 시대의 도래를 알리는 계기가 되었다. 특히 예술 분야는 시장의 확대를 꾀할 수 있었다. 음악 분야에서는 악보의 대량 공급이 가능해지면서 음악과 관련된 산업은 큰 변화를 맞이하게 되었다.

이러한 시대의 변화를 직시하고 자신에게 다가온 기회를 주저 없이 실행한 조반니 리코르디는 세계적인 음악가들의 작곡 악보

◀ 카사 리코르디가 발행한 정기간행물 〈Musica d'Oggi〉의 표지, 1920년. [Archivio Storico Ricordi]

▶〈Gazzetta Musicale di Milano〉의 창간호, 까사 리코르디가 발행한 첫 번째 정기간행물, 1842년. [Archivio Storico Ricordi]

◀ 까사 리코르디가 1871년에 발행한 정기간행물 〈Rivista Minima〉의 첫 번째 호. [Archivio Storico Ricordi]

에 관한 가치를 잘 알고 있었으며 이를 위해 리코르디 출판사를 설립한 것이다. 이는 시간 예술인 음악을 기호로 지속 가능하게 하는 작업이었으며 세대를 넘어서도 시간의 제약을 뛰어넘어 영원불멸의 음악을 존재할 수 있게 하였다.

작금의 시대, 만날 수 있는 고전 음악이 소멸하지 않고 우리 곁에서 시대를 넘어서 재현할 수 있는 것 역시 당시 악보를 쉽게 사용할 수 있었기 때문에, 보전과 후속세대까지 고전 음악이 전이될 수 있었다. 이후 녹음기를 통한 음악 재생 기술이나, 연주 장면을 화면으로 담고 인터넷 공간을 통해 공유할 수 있는 4차 산업혁명과 같이 당시 인쇄술의 발달은 이전과 전혀 다른 대변화를 이끈 획기적 사건이라 할 수 있다.

오페라는 음악의 여러 분야 중에서 탄생 이후 가장 세계인에게 사랑을 받는 장르이다. 특히 리코르디는 오페라의 나라 이탈리아 출신으로 오페라를 중심으로 자신의 회사 성장을 주도하였다. 그의 이러한 성장의 시작은 1825년 이탈리아 오페라의 중심인 밀라노 라 스칼라 오페라극장의 아카이브 인수가 계기라 할 수 있다. 이후 리코르디는 라 스칼라 오페라극장의 모든 악보를 출판할 수 있는 기회를 얻었으며, 이를 통해 19세기 오페라계를 주름잡던 벨칸토 오페라 작곡가 로시니와 도니제티, 벨리니 등의 악보를 출판하며 오페라 악보 출판에 있어 선도적 위치를 차지할 수 있었다.

리코르디는 성장할 수 있는 역사적인 사건을 맞이하게 되는

조반니 볼디니(Giovanni Boldini)의 주세페
베르디 첫 초상화(1886).

데, 이는 1839년에 밀라노에서 당시에는 신예 작곡가였던 주세페 베르디와의 계약이다. 리코르디는 라 스칼라 오페라극장에서 베르디의 데뷔 작품인 〈오베르토의 산 보니파초 백작〉(L'Oberto, Conte di San Bonifacio, 1839)을 밀라노 라 스칼라에서 본 후 그의 가능성을 알아차리고 재빨리 계약하였다.

베르디는 2대 리코르디 출판사 대표인 조반니 리코르디의 아들 티토 리코르디와 그의 아들 줄리오 리코르디와 함께 일을 했는데 가극의 왕이라 불리며 가장 위대한 오페라의 거장인 베르디와 리코르디의 만남은 세계적인 음악 출판사로 자리 잡을 수 있게 하였다. 현재 리코르디는 베르디의 28편의 오페라 중 23편의 베르디의 수기 오페라 악보를 보유하고 있다.

이어 리코르디는 푸치니와 계약을 하면서, 오페라계에서 세계적 영향력을 확고히 해나갔다. 줄리오 리코르디는 젊은 푸치니의 첫 오페라 〈르 빌리〉(Le Villi, 1884)를 본 이후 그와 계약을 했다. 아이러니한 것은 이 작품이 출판사 '손 초뇨(Sonzogno)'가 주최한 신인 작곡가를 위한 콩쿠르의 낙선작이라는 것이다. 하지만

산타가타 별장의 정원(줄리오 로시, 1900년). (앞줄 왼쪽부터) 마리아 카라라 베르디, 바르베리나 스트레포니, 주세페 베르디, 지우디타 리코르디. (뒷줄 왼쪽부터) 테레사 스톨츠, 움베르토 캄파나리, 줄리오 리코르디, 레오폴도 메틀리코비츠. [Archivio Storico Ricordi]

리코르디는 푸치니의 재능에 믿음과 확신이 있었으며 계약 이후 1924년 사망할 때까지 기나긴 협력을 이어나갔다. 리코르디는 베르디와 마찬가지로 〈제비〉(La Rondine, 1917)를 빼놓고 푸치니의 모든 작품을 소유하고 있다.

바로크 시대 이후 문화산업 중 가장 강력한 위치를 오페라가 차지하고 있었다. 이 때문에 오페라의 주체세력은 막강한 문화 권력을 행사할 수 있었다. 과거 바로크 시대 비루투오조였던 성악가가 그러했고 이어 고전 시대에는 오페라 작품을 쓴 작곡가가 주체가 되었다. 당대 최고의 작곡가인 베르디에서 푸치니로 이어지는 이탈리아 오페라 계보와 계약을 하고 세계에서 가장 많이 공연되는 그들의 작품에 대한 독점적 지위를 확보한 리코르디는 이를 통해 세계에서 가장 강력한 문화 권력을 가진 회사로 등극할 수 있었다. 리코르디는 모든 소속 작곡가들과 꾸준히 교류해오며, 일반적인 비즈니스 관계를 넘어서 가족과 같은 친밀감을 통해 함께 작품을 만들어가는 후원자이자 주체로서 큰 역할을 해 나아갈 수 있었다.

이처럼 리코르디와 작곡가의 관계는 비즈니스 이상으로 베르디의 성공작 〈나부코〉나 푸치니의 〈마농 레스코〉처럼 후원과 더불어 좋은 소재를 제안하거나 작곡의 동기를 부여, 함께 제작할 대본가를 찾고 연결하는 등 안정된 창작 활동을 도왔다. 이러한 리코르디의 모습은 출판사의 영역을 넘어 새로운 작품을 기획하고 작곡가, 지휘자, 대본가, 연주자 등의 중재 역할을 하며 오페라 전 영역에 영향력을 행사하는 독보적 문화 권력자의 모습을 보여주고 있었다.

밀라노를 중심으로 영업을 시작한 리코르디는 베르디, 푸치니와 함께 성장하며 그 지평을 이탈리아의 주요 도시와 유럽의 런던과 파리 그리고 미국 뉴욕에까지 지점을 개설하는 등 거침없이 확장해 나갔다. 또한 악보뿐만 아니라 오페라 관련 잡지까지 창간하면서 오페라계의 전 영역을 볼 수 있는 능력을 지니게 된다. 상당한 인기를 구가하던 리코르디의 잡지에는 당시 공연되던 오페라 관련 정보뿐만 아니라 광고가 함께 실렸는데 이는 종합 엔터테인먼트 문화산업으로서 오페라의 능력을 배가시키는 역할을 했다.

20세기 초 런던의 리코르디 매장. [Archivio Storico Ricordi]

　지금까지 베르디와 푸치니 등 세계 오페라 하우스에서 공연되는 최고의 인기 작가와 작품을 소유한 리코르디사가 보유한 수많은 기록과 악보, 자료들은 디지털 시대로의 변환 이후에도 '리코르디 아카이브'(Ricordi Archive)를 통해 인류의 위대한 유산으로 보전되어 후세에게 전해지고 있다. 우리나라를 비롯한 세계 모든 오페라 하우스에서는 베르디와 푸치니를 연주하기 위해서는 리코르디의 악보를 구매하여 연주한다. 그 이유는 리코르디와 함께 해온 벨칸토 시대 작곡가부터 베르디, 푸치니의 오페라를 연주하는 모든 음악가가 보편화된 리코르디를 사용하기 때문이기도 하고 연주뿐만 리코르디 악보가 작곡가가 의도한 내용을 가장 충실히 정확하게 묘사하기 때문이기도 하다.

　거듭된 실패로 음악을 포기하려 했던 작곡가 베르디에게 〈나부코)의 대본을 전하던 리코르디, 작품을 올릴 수도 없을 정도로 가난한 작곡가 푸치니의 후원자로 수 많은 대본가, 제작자들과 마찰을 조정하며 푸치니를 베르디 이후 최고의 이탈리아 작곡가로 등극시킨 리코르디!

리코르디의 선택과 후원 그리고 여러 도전은 이탈리아가 오페라 강국으로 세계 시장을 지배할 수 있게 하였으며 그 덕분에 우리는 주옥같은 스테디셀러 오페라를 지금 시대에도 당시의 감동으로 향유할 수 있게 되었다.

4.
세기의 지휘자 토스카니니와 푸치니의 우정

괴팍하기 그지없고 한없이 이기적이라고 알려진 작곡가 푸치니는 죽기 전 음악 관련 『일 피아노포르테』에 기고한 글에 "나의 생애에서 예술가로서 가장 즐겁고 가장 빛나는 추억은 아르투로 토스카니니(Arturo Toscanini, 1867~1957)와의 우애와 관련된 것이다."라고 언급하였다. 푸치니는 유일하게 토스카니니가 제언한 내용을 음악 안에 담았을 정도로 그를 신뢰했으며, 자신의 작품을 최고의 반열에 올려놓을 수 있었던 것은, 토스카니니의 탁월한 음악해석과 그것을 음악에 충실히 담아내는 그의 작업이 있었기에 가능했다고 언급하곤 했다.

토스카니니와 푸치니는 이탈리아 오페라 역사상 가장 영광스러운 순간을 함께했다고 할 수 있다. 작곡가 푸치니의 황금시대 시작인 오페라 〈라 보엠〉의 초연부터 〈서부의 아가씨〉, 〈투란도트〉 초연뿐만 아니라 〈토스카〉, 〈나비부인〉 등 그의 대표적인 작품과 엄청난 센세이션을 불러일으킨 〈마농 레스코〉의 리뉴얼 작

지휘자 아르투로 토스카니니.

업의 대성공은 지휘자 토스카니니와 함께라서 가능한 일이었다. 그래서 푸치니는 진정한 벗으로 토스카니니를 존경하기까지 하였으며 그를 만난 것이 자신의 인생에 있어서 가장 행운이었다고 언급했다.

　푸치니와 토스카니니는 음악이라는 매개가 없었으면 절대 만날 수 없었을 것이다. 서로 품을 수 있는 공통분모가 없기 때문이다. 이탈리아가 통일된 후 태어난 두 음악가의 출생 배경은 특히 상극이라 할 정도로 이질적이다. 지금의 우리나라 보수와 진보 또는 영호남의 갈등처럼 18세기부터 시작된 이탈리아의 '흑'과 '적'이라는 두 당파의 대립은 당시 만연된 사회 현상이었다.

　푸치니는 교황 아래서 계속 음악가로 살아온 가계의 흑색파 또는 친 사제파였으며, 이와 반대로 토스카니니는 피아첸차 공화국 출신으로 민주주의 의식이 뼛속까지 박혀 있는 적색파 출신이다. 정치적으로 민주주의를 지지하고 있는 토스카니니는 군국주의와 전체주의를 극도로 혐오했으며, 이러한 이유로 무솔리니의 지지를 받은 푸치니와 달리 대립을 이루며, 파시스트 정권으로부터 지탄과 공격을 받기까지 했다.

　위에 언급한 내용처럼 출생 배경의 영향을 받아서인지 한때 무솔리니를 동경한 푸치니와 전체주의 나치즘을 극도로 혐오한 토스카니니. 둘의 우정은 위기에 봉착할 때도 있었다. 한 예를 들자면 푸치니 가족과 토스카니니 가족은 함께 휴가를 보내곤 했었는데 1914년 여름 비아레쬬의 푸치니 별장에서 두 사람은 절교할 정도로 다투었다고 한다. 토스카니니의 딸 왈리의 회고에 의하면, 둘은 음악과 정치에 관한 토론 중, 토스카니니가 마치 무서운 짐승처럼 격노했다고 한다.

그날 저녁 둘의 대화는 독일에 관한 논쟁으로 뜨거웠는데, 독일을 지지하는 푸치니는 당시 이탈리아 당국을 향한 비판과 더불어 가난한 국민의 피해를 줄이고 혼란을 막아주기 위해 독일인들이 이탈리아에 들어와서 해결해 주길 바란다고 이야기했다. 당시 나치 독일을 증오했던 토스카니니는 푸치니의 이야기에 격노하고 그 후 푸치니를 보지 않았다. 그리고 이러한 두 사람 사이를 화해시키기 위해 주변인들과 당사자인 푸치니 역시 노력했지만, 토스카니니의 분노는 좀처럼 사그라지지 않았다고 한다. 하지만 일주일 후 두 사람은 갑자기 화해했는데, 아마 그 이유는 음악이 매개였지 않았나 생각해 본다.

푸치니와 토스카니니의 첫 만남은 토리노 레죠 오페라 극장에서 초연하게 될 〈라 보엠〉을 통해서였다. 푸치니는 〈마농 레스코〉이후 이탈리아 오페라계에서 명성을 쌓아가는 중이었으며, 이제 베르디 이후 이탈리아 최고의 오페라 작곡가 반열에 오를 기회를

푸치니와 토스카니니.

엿보고 있었다. 심혈을 기울여 작곡한 〈라 보엠〉을 푸치니는 당대
저명한 지휘자 레오폴드 무노네가 지휘하길 바랐다고 한다. 하지
만 그의 바람과는 달리 그때 당시 무노네보다 훨씬 지명도가 낮
은 젊은 토스카니니가 지휘봉을 잡아서 푸치니는 많은 염려를 했
다. 그러나 불안했던 푸치니의 마음은 토스카니니의 리허설을 보
고 난 후 바뀌어 토스카니니를 찬미하였다고 전해진다. 푸치니는
이러한 상황을 자신의 아내에게 편지로 남겼는데 그를 '고도의 지
적인 남자', '비범한 음악가', '매력적인 남자'라는 어구 등을 사용
해 극찬하였다고 한다.

두 사람이 서로를 베스트 프렌드라고 언급할 정도로 우정을 쌓
았던 시기를, 주변인들은 오페라 〈토스카〉의 밀라노 라 스칼라 오

페라 극장 공연을 준비하면서라고 추정한다. 이 작품은 로마에서 무노네 지휘로 초연했지만, 푸치니는 토스카니니의 밀라노 버전을 최고의 작품이라 생각했다. 〈토스카〉의 밀라노 대성공을 두고 푸치니는 그의 벗에게 서신을 보냈는데, 그 내용에는 '토스카니니의 탁월한 해석, 효과적인 무대 앙상블을 끌어내는 능력' 등을 나열하며 극찬하였다고 전해진다.

푸치니는 〈나비부인〉의 참담한 실패를 예감했다고 한다. 푸치니는 이 실패를 토스카니니가 지휘하지 않았기 때문이라 언급했다. 많은 서신을 통해서 토스카니니의 능력을 찬미할 때는 〈나비부인〉의 실패사례와 재공연의 성공사례를 자주 언급했다고 한다.

푸치니는 자신의 작품에 대한 조언을 토스카니니에게 부탁했고 그의 조언에 따라 초연 때 과감히 하지 못했던 〈나비부인〉 2막 형식의 스코어를 교정하였다고 전해진다. 이후 파가니니와 함께한 아르헨티나의 부에노스아이레스 오페라 극장의 〈나비부인〉 공연은 대성공으로 이끌 수 있었으며 이어 제작된 벨라스코의 희곡을 오페라화한 〈서부의 아가씨〉는 토스카니니의 해석으로 창조되어 초연에 올려졌다. 〈서부의 아가씨〉 초연에서 작곡가가 쉰다섯 번의 커튼콜을 받았다고 미국 메트로폴리탄 초연 기록은 알리고 있었는데, 이는 토스카니니가 아니면 이루어 낼 수 없었다고 푸치니는 언급했다. 푸치니는 이 작품을 위해 비아레쪼의 자신의 집으로 토스카니니를 자주 초대해 조언을 구하는 등 함께 작업에 심혈을 기울였다고 한다.

(좌) 격정적인 감정을 요구하는 토스카니니 / (우) 오페라 〈투란도트〉 초연 때 프로필 사진.

박물관 카사 나탈레 아르투로 토스카니니에 전시된 토스카니니의 지휘 모습.

48

이후 푸치니와 토스카니니의 우정은 푸치니의 히스테리와 토스카니니의 어린애 같은 행동으로 두 번의 위기를 맞이하게 된다. 그리고 푸치니의 죽음을 앞두고 둘은 극적인 화해를 했다. 푸치니는 후두암으로 투병을 하면서 〈투란도트〉를 쓰고 있었다. 그에게는 무엇보다 이 작품을 성공적으로 올리기 위해서는 토스카니니가 절실히 필요했으며, 그만이 자신의 이 대형 프로젝트를 밀라노라 스칼라에서 성공적으로 올려 줄 수 있다고 믿었기 때문이다.

푸치니의 토스카니니를 향한 사과와 편지에 관한 응답은 토스카니니의 갑작스러운 비아레쪼의 방문으로 이루어졌다. 이 만남은 두 사람 앞에 놓인 불신의 거대한 벽을 무너뜨렸다. 푸치니는 자신의 친구에게 보낸 서신을 통해 "이제 나는 너무 행복하답니다. 토스카니니에 의해 태어난 〈투란도트〉는 가장 멋진 공연이 될 것이오…"라고 언급했다. 비록 푸치니의 죽음으로 미완성 작품으로 남게 된 〈투란도트〉였지만, 토스카니니에 의해 태어난 이 작품은 사후 푸치니에게 큰 영광을 안겼으며, 이 작품은 두 음악가의 우정을 서사로 남긴 산물이라 할 수 있다.

푸치니의 죽음을 스칼라 극장에서 오케스트라 리허설 도중 듣게 된 토스카니니는 지휘봉을 던지고 달려나가 분장실에서 서럽게 통곡하여 울었다고 전해진다. 둘의 우정은 많은 고비가 있었지만, 그 모든 것을 음악 안에서 극복하고 오페라 역사에 큰 발자취를 남겼다. 푸치니가 상상한 모든 것을 제대로 해석하고 최고의 경지에 올려놓은 지휘자 토스카니니는 푸치니가 서거하고 100년

오케스트라를 지휘하는 토스카니니.

이 지난 그의 음악에 열광할 수 있게 만든 오페라계 최고의 요리
사라 할 수 있을 것이다.

[Tip]

토스카니니는 푸르트벵글러(Wilhelm Furtwängler, 1886~1954)와 함께 20세기 지
휘사에 거대한 양대 산맥의 하나를 차지하는 인물로 그에 관한 무수한 일화들은 전
설이 되어 전해지고 있다. 토스카니니가 오페라계에 등장하며 이전 가수 중심의 오
페라계 권력이 지휘자 중심으로 옮겨오게 되었다. 이전 지휘자들은 오페라 가수들
을 보조하는 역할로 인식되었었다.

5.
가깝고도 먼 사이 푸치니와 무솔리니

  예술가의 작품은 제작된 시대를 들여다보는 돋보기와 같다고 할 수 있다. 푸치니는 외세의 지배를 받던 시대를 넘어서 1차 세계대전 이탈리아 왕국 시대, 그리고 전후 경제 사회의 혼란을 틈타 등장한 무솔리니(Benito Mussolini, 1883~1945) 파시스트 정권과 함께했다.

  푸치니가 그의 마지막 완성된 단막 작품 〈잔니 스끼끼〉(Gianni Schicchi, 1918)가 완성될 무렵, 유럽은 세계 1차 대전의 소용돌이 끝 무렵이었다. 이때 승전국이었지만 이탈리아 왕국은 경제적, 사회적 혼란에 휩싸였으며, 이러한 시기를 틈타 등장한 무솔리니의 전체주의 파시즘은 이탈리아를 삼키게 된다. 무솔리니 파시스트당은 '로마진군'을 통해 이탈리아 왕국의 정권을 이양받았는데 이 사건은 1922년 파시스트 선봉대인 '검은셔츠단'(이탈리아의 독재자 베니토 무솔리니가 이끈 파시스트 전위활동대)이 로마 부활을 외치며 나폴리에서 행진하여 로마에 입성하게 되는 사건을 일컫는다.

1925년 무솔리니. (위키피디아)

(위) 무솔리니가 이끄는 〈검
은셔츠단〉. 미켈레 비앙키,
드 보노 장군(체사레 마리아
데 베키), 무솔리니, 이탈로
발보. [프랑스 국립도서관]
(아래) 1922년 검은셔츠단과
로마에 입성한 무솔리니.

급진적이며 비합리적인 정치사상과 과도한 전체주의 사상으로 인해 초기에 무솔리니의 파시즘은 이탈리아 국민에게 지지를 받지 못했지만, 당시 이탈리아의 좌파 사회주의가 시도하는 파업과 사회 혼란을 파시스트들이 폭력으로 진압하면서 성장하였고 반공 이데올로기와 결합된 극우적 파시즘이 대세를 이루며 이탈리아의 중심세력을 형성하였다.

비합리적이며 획일적이고 힘 중심의 폭력적인 정책을 펼쳐나가던 무솔리니 파시스트 정권은 자신들의 실정을 감추고 이탈리아 민중의 지지를 얻어내기 위해 문화예술을 이용하게 된다. 예를 들자면 푸치니가 〈잔니 스끼끼〉를 만들 때 등장한 무솔리니는 음악적 식견이 많고 악기를 잘 다루는 '음악가'로 소개하는 책을 출간하기도 했다.

음악학자 민은기는 그의 저서 『독재자의 노래-그들은 어떻게 대중의 눈과 귀를 막았는가?』에서 저널리즘을 효과적으로 활용하며 예술을 향한 프로파간다의 모습을 야욕으로 규정짓고 우상화의 길을 밟아 나가는 모습을 간과하지 말라고 주장하며 대표적인 예로 무솔리니를 꼽고 있다.

무솔리니는 비범한 음악적 소양을 가졌고 음악계에 각별한 관심을 지녀서 포장할 만큼 소재는 풍부했다고 전해진다. 그는 푸치니와 동시대 작곡가들의 작품에 대하여도 잘 알고 있었다. 이러한 통치자의 음악적 소양과 입장을 종합하여, 발간된 도서 『음악가 무솔리니』에서 '파시스트의 예술'이란 과거의 유산과 함께 미

무솔리니가 바이올린을 들고 포즈를 취하고 있다. [센트럴 프레스]

래를 향한 새로운 유산을 창조하는 것이라고 정의하였다. 이러한 내용을 앞세운 정책이 바로 리소르지멘토(Risorgimento)*였으며, 이는 앞의 '로마 진군'의 정당성을 부여하였다. 따라서 무솔리니를 음악가로 포장한 것은 오페라계를 지배하는 이탈리아 음악계를 이용해서 파시즘 정권의 정당성과 확장에 이용하려 했기 때문이라 할 수 있다.

'로마 진군'의 모습에 푸치니는 크게 감명받았다고 전해진다. '로마 진군' 다음 날 대본가 아다미에 보낸 서신에서 그는 "무솔리니는 이탈리아를 구원하기 위해 신이 보낸 게 틀림없다"라고 썼다고 한다. 이탈리아의 혼란을 해결해 줄 구세주로 생각한 것이었다. 당시 푸치니의 이러한 생각은 자신의 작품에도 드러나 있으

---

*리소르지멘토(Risorgimento)는 '부활'이라는 의미를 가지고 있으며, 19세기 이탈리아에서 전개된 정치·사회적 국가통일운동을 일컫는 말이다.

며, 훗날 자신이 무솔리니에 동조한 여러 주장을 부정했지만, 그의 의도와 달리 파시스트들에게 그는 좋은 프로파간다(propaganda, 정치 지도자·정당 등에 대한 허위·과장된 선전) 도구였다는 것은 부정할 수 없는 사실이었다.

이탈리아 밀라노 테아트로 리리코 극장에서 연설하는 베니토 무솔리니.

국가지상주의 '파시즘'의 이론적 배경을 토대로 푸치니의 〈잔니 스끼끼〉를 살펴보면, 단테『신곡』의 소환도 당시의 시대적 상황이었던 '파시즘'의 영향을 받았다고 추정할 수 있다. 또한, 이러한 시대의 분위기에 동참하여 창작된 작품이 정치의 선전도구로 사용된 예를 찾아볼 수 있는데, 특히, 푸치니가 1919년에 작곡한 '로마의 찬가'(1919)는 파시스트당의 행진곡으로 자주 사용되었다. 이 곡은 로마와 리소르지멘토를 주제로 한 것으로, 파시즘이 대두되기 전 작곡되었지만, 프로파간다에 푸치니가 협조한 증거라고 몇몇 음악학자에 의해 제시되고 있다.

파시스트가 이탈리아를 지배할 당시 힘의 논리에 지배당했던 철학은 시대적 요구에 따라 밖으로 팽창하고 그것을 지탱하고 지배할 힘을 얻었다. 문명을 창조한 주체로 그것을 지배할 힘의 근거를 정치에서 보고 그 정치적 힘을 로마제국이라고 생각했다. 또한, 로마제국을 향한 무솔리니의 열정은 파시즘이 생각하는 위대한 논리로 자리 잡았으며, 푸치니의 '로마의 찬가'는 그들의 생각을 투영한 것이라고 생각할 수 있다.

무솔리니와 파시스트들은 푸치니를 적극적으로 찬양하며 푸치니가 사망하자 이탈리아 내 신문들의 부고문에 "오페라에 있어 세계를 정복한 작곡가," "국위를 선양한 영원한 외교관" 등 푸치니의 국제적 위상을 과시하는 문구들이 파시스트 정권에 의해 등장했다. 무솔리니도 공식적으로 푸치니를 "조국의 가장 순수하고 찬란한 영광 중 하나이고 국보"라며 극찬하였고 이는 국가적 자부심과 예술적 성취의 상징으로 자리 잡게 된 것으로 무솔리니 파시스트 정권에게는 더할 나위 없는 선전도구였다.

그러나 이러한 선동을 위한 도구로서의 접근은 예술가의 의도가 아니더라도 결국 예술가에게는 큰 오점으로 남는다. 그리고 역사가 된 예술가를 바라보는 우리는 하나의 순수예술로 푸치니의 수려하고 아름다운 오페라를 간혹 왜곡된 시각으로 볼 수도 있다. 그의 작품에서 가녀린 여주인공의 희생을 당시 베리즈모 오페라(Verismo Opera, 사실주의 오페라) 유행의 한 사조로 보기보다는 힘의 논리를 앞세운 파시즘의 남성우월주의 때문이라고 호도할 수도 있다는 이야기다. 실제로 일부 학계에서는 이러한 시각으로 푸치니를 바라보는 것도 사실이다.

예술가에게 다가서는 오류 세력의 프로파간다의 모습을, 작곡가

무솔리니와 히틀러.

푸치니에게 투영해 보았다. 실제로 이러한 계속된 정치 사회의 예술을 향한 프로파간다는 현재에도 끊임없이 이루어지고 있다.

조지 오웰의 말처럼 진정으로 "모든 예술은 프로파간다"인 것인가? 사회를 담고 사회를 끊임없이 진보시키는 예술을 보자면 조지 오웰의 주장이 한편으로 수긍도 되지만, 물질이나 권력의 유혹에 빠져 예술이 허우적거리기보다는 자신의 철학을 굳건히 담은 예술의 모습은 프로파간다를 뛰어넘어 사회를 향한 부단한 질문을 던지는 예술 본연의 모습이 아닐까? 그가 남긴 예술과 정치와의 관계를 살펴보며, 우리 사회가 예술을 품기 위한 노력으로 이글을 통해 다시 한번 올바른 시각으로 바라볼 수 있는 계기가 되었으면 좋겠다.

[Tip]

1919년에 푸치니가 작곡, F. 살바토리가 작사한 노래 '로마의 찬가'(Inno a Roma)는 파시즘이 대두되기 전에 작곡되었으나 이후 베니토 무솔리니에 의해 많이 애용되었다. (가사축약 내용: 거룩한 로마, 수도에 결연히 선 네게 녹색의 월계관을 씌운다 네게 우리의 힘과 자부심을 안겨주며 너를 찬양한다… 자유와 희망의 서광이 비치고 이 세상에서 어떤 것으로도 형용할 수 없는 너의 진정한 기사도 정신이 있는 로마는 최고다, 로마는 최고다!)

6.
푸치니의 연인들, 'Vissi d'arte, Vissi d'amore 예술에 살고 사랑에 살고'

20세기 최고의 오페라 작곡가 푸치니는 "나는 정열의 사냥꾼이다. 먼저 거위를 쫓고, 최고의 오페라 대본을 쫓고, 매력적인 여성을 쫓는다!"라는 말을 했다. 그에게 매력적인 여성을 향한 그의 열정은 삶의 일부였다. 스타로서 수많은 여성과 염문을 일으켜 바람둥이라 욕을 먹고 항상 가십 속에서 주목을 받는 푸치니, 그의 애정 행각은 자신의 작품에 많은 영감을 주었지만, 그의 아내 엘비라에겐 크나큰 고통을 안겨 주었다.

음악사에서 심도 있게 다루는 것 중 하나가 그 시대를 이끌었던 주요 작곡가의 생애이다. 특히 음악학자들은 가십 거리로 취급받는 음악가의 연애사를 연구하는데, 많은 시간을 할애하며 다양한 연구 결과물을 내놓고 있다. 음악에 직접적으로 영향을 끼치는 감정은 이성 관계에서 가장 강력하게 표출되며, 이성 관계에서 내뿜는 사랑, 배신, 분노, 열망 등의 감정 소산물은 예술로 승화되어 작곡가의 손끝에서 하나의 작품으로 탄생한다.

그래서 음악학자들은 작품의 올바른 해석을 위해 수많은 학위 또는 학술 논문 등의 연구에 시대를 아우르는 작곡가와 연주가의 연애사에 관한 결과물을 내놓고 있다. 이러한 자료들은 훗날 책과 영화로도 제작되어 많은 이에게 관심과 사랑을 받았는데, 대표적인 사례가 베토벤의 연애사를 영화화한 〈불멸의 연인〉외 다수 작품과 쇼팽, 슈만, 브람스, 파가니니 등 수많은 예술가의 혼을 불사르는 영화에 그들의 연애사가 재료로 사용되었다.

지금 이야기하고자 하는 20세기 당대 최고의 스타 푸치니 역시 '도리아 만프레디 사건'을 소재로 한 〈푸치니의 여인〉이 영화로 제작되었다. 그는 수많은 여인과의 염문뿐만 아니라 작품의 여주인공을 자신이 생각한 뮤즈로 여기고 작품에 등장시키곤 했는데 이러한 사건을 살펴보면 좀 더 푸치니 음악을 깊이 있게 이해할 수 있을 것이다.

푸치니의 부인 엘비라.

푸치니의 결혼 생활은 못된 사랑이 낳은 고통의 연속이라 할 수 있다. 1884년 가을, 푸치니는 이탈리아 중부 루까에서 자신의 고향 친구 제미냐니의 아내인 엘비라(Elvira Gemignani, 1860~1930)와 격정적인 사랑을 하게 된다. 푸치니와 엘비라의 만남은 아이러니하게도 당시 가난한 푸치니를 위

푸치니와 아내 엘비라, 아들 안토니오. 가족사진. [Archivio Storico Ricordi]

해 친구인 제미냐니가 그의 아내 엘비라의 피아노 교습을 소개하며 시작되었다. 그녀와 푸치니는 첫눈에 반해 일주일 만에 밀라노로 세 아이의 엄마인 엘비라와 야반도주를 했다고 전해진다. 이 일로 제미냐니는 푸치니와 엘비라를 극도로 저주했으며 살아생전에 이혼해 주지 않아서 푸치니와 엘비라는 1904년 초에 제미냐니의 사망 이후 결혼할 수 있었고 둘 사이에 낳은 자식인 안토니오를 합법화할 수 있었다.

엘비라는 강한 성격의 소유자였으며 푸치니에게 상당히 집착했다고 알려진다. 당대 스타였던 푸치니 주변엔 항상 많은 여인이 함께했으며, 푸치니는 그녀들과 수많은 염문을 뿌렸는데 이 때문에 엘비라는 극심한 스트레스를 받았다고 전해진다. 그래서 이

(좌) 푸치니와 염문을 뿌렸던 소프라노 페라니. (우) 자동차 마니아 푸치니. [Archivio Storico Ricordi]

러한 문제로 말미암아 의부증을 앓고 푸치니와 극한 대립이 자주 있었다고 한다. 항상 뮤즈를 찾았던 푸치니는 엘비라 외에도 〈마 농 레스코〉와 〈라 보엠〉을 푸치니와 함께 했던 소프라노 페라니 (Cesira Ferrani)를 비롯한 당대 최고의 여가수들과도 자주 불륜을 저질렀고, 이 외에도 친구 동생, 귀족 부인들과도 염문을 일으켜 문제가 되기도 했다.

무엇보다 세상을 뜨겁게 달구었던 푸치니의 스캔들로 '도리아 만프레디 사건'을 들 수 있다. 자동차 운전광인 푸치니는 1903 년에 큰 사고로 다리에 심한 부상을 입게 되었다. 거동이 어려 운 푸치니를 위해 집안일을 도와줄 소녀 '도리아 만프레디'(Doria Manfredi)를 가정부로 고용하였고, 그녀는 성심성의껏 푸치니를 돌봤으며, 이러한 지극정성의 병간호로 푸치니는 빨리 안정과 치

푸치니와 부인 엘비라, 하녀 도리아와 함께.

유를 얻게 되었다.

그러나 이런 고마운 도리아를 향한 다정한 푸치니의 모습에 의부증이 심했던 부인 엘비라는 그와 도리아가 불륜에 빠졌다며 두 사람을 공개적으로 비난했다. 이뿐만 아니라 엘비라는 도리아를 향한 질투와 학대로 어린 그녀에게 극심한 고통을 주었고 이로 인해 그녀는 1909년 자신의 결백을 주장하기 위해서 자살한다.

이후 도리아는 부검을 통해 그녀가 처녀라는 결과를 얻고 죽음으로써 불륜의 명예를 씻게 되었다. 이에 도리아의 가족들은 엘비라를 법정에 고소하게 되고 엘비라는 법원에서 5개월 형을 받았지만, 푸치니는 거액의 위자료를 주고 용서를 빌었다.

이 사건은 도리아의 죽음부터 부검, 재판과정이 언론에 주목을 받으며, 유럽을 뒤흔든 스캔들로 세상을 떠들썩하게 했다. 푸치니는 훗날 도리아의 모습을 오페라 〈투란도트〉에서 칼라프 왕자를 위해 스스로 목숨을 끊는 여주인공 하녀 '류' 역으로 형상화했다고 한다. 시간이 지나고 2000년이 되어서 도리아 후손인 나디아 만프레디가 소유하고 있는 문서에서 밝혀진 한 가지 사실은 푸치니는 당시 자살한 하녀 도리아의 사촌인 줄리아 만프레디와 실제로 바람을 피우고 있었다는 것이다.

이 외에도 푸치니 사망 이후 그가 남긴 서신이나 다른 기록 등을 통해 많은 여성과의 불꽃 같은 그의 사랑이 전해지고 있으며, 이러한 여성 편력에 관하여 푸치니의 작품을 위한 열정이라고 정당화되기도 한다. 하지만, 현대적인 시각에서는 푸치니의 이런 여성 편력은 도덕적으로 지탄받고 범죄자로 취급될 수도 있었을 것으로 추정된다.

당시 파시즘이 득세하던 시절 반페미니즘의 사회 기류로 약자인 여성을 향한 희생을 암묵적으로 용인하였으며 이처럼 여성 편력을 영웅화한 것도 이유일 수 있을 것이다. 여인들은 스타인 푸치니에 매료될 수도 있었고 당시 오페라계의 거물이었던 그의 손길은 거부할 수 없는 유혹이자, 어찌 보면 강요일 수도 있었을 것이라 상상해본다. 이렇게 생각한다면 악처로 알려진 푸치니의 아내인 엘비라 역시 그녀의 의부증이라던지, 괄괄한 성격을 비난하기보다는 한편으로는 측은하기도 하며, 이해해야지 않을까를 생각해 본다.

매번 푸치니가 발표하는 오페라의 여주인공과 사랑을 했던 푸치니는 아이러니하게 자신의 주요 작품에서 비련의 여주인공은 죽음을 맞이한다는 공통점을 가지고 있다. 자신의 최대 히트작인 〈라보엠〉에서는 원작에서 당당하고 바람기 많은 미미를 가녀린 순정파 여인으로 바꿔가며 결말에 애절한 죽음을 맞이하게 했다.

아돌포 호엔슈타인(Adolfo Hohenstein, 1854~1928)作. 1896년 2월 1일 토리노 초연을 위한 미미의 〈라 보엠〉 1막 의상.

그가 가장 사랑하는 역할이었던 〈나비부인〉의 여주인공 초초상 역시 순종적이고 헌신적인 여성으로 남자 주인공 핑커톤의 불장난 같은 사랑에 희생되는 여인으로 자살로 결말을 맞이하는 비련의 주인공으로 제작했다. 다른 그의 주요 작품인 〈토스카〉, 〈마농 레스코〉, 〈외투〉, 〈수녀 안젤리카〉 역시 여주인공은 결말에 죽음을 맞이한다.

당시 베리즈모 오페라의 한 축이 비극적 삶을 마감하는 여주인공이 다수 등장한다고 하지만, 유난히 푸치니의 작품에서 볼 수 있는 이러한 공식은 여타 작곡가와 다른 특별함이라 할 수 있을 것이다. 몇몇 호사가는 그의 불행한 결혼 생활을 언급하며, 강한 성격을 지닌 아내 엘비라 때문에 그녀와 반대되는 성품을 지닌

영화 〈푸치니의 여인〉(2008) 포스터.

여인을 푸치니가 자신의 작품에 등장시켜 그녀들을 사랑했다고도 말한다.

푸치니는 자신을 "나는 극장을 위해 작곡하도록 신의 명령을 받았다."라고 말한 것과 같이 그는 신의 도구로 사용 받으며, 그 일을 수행하기 위해서 여성을 쫓았을까? 우리는 그가 펼쳐내는 화성과 애절한 선율을 담은 여주인공의 무대와 노래를 듣고 한없이 눈물을 흘린다. 그가 평소 했던 말로 열정의 사냥꾼으로 여성을 쫓았다고 말하고 있지만, 지금 우리는 감동을 위해 그를 쫓고 있다고 말할 수 있을 것이다.

[Tip]

- 추천 영화: 2011년 작 〈푸치니의 여인〉은 64회 베니스 영화제에서 화제가 되었던 작품이다. 파올로 벤베누티, 파올라 바로니(감독), 리카르도 모레티, 타니아 스퀼라리오(주연)

- 시놉시스 : 클래식 역사상 가장 사랑받는 작곡가 푸치니의 비밀의 뮤즈, 그들의 감춰졌던 이야기가 이제 시작된다! 1909년 푸치니는 자신이 가장 사랑했던 마을 이탈리아 토스카나 지방의 '토레 델 라고'에서 오페라 〈서부의 아가씨〉 작곡에 몰두한다. 이미 세계적으로 최고의 오페라 작곡가로 명성을 떨치던 푸치니는 그가 사랑했던 여인들에게 영감을 받고 그의 작품에 녹여낸다. 그러던 어느날, 유독 하녀인 도리아에게 친절하고 친밀한 모습에, 푸치니의 아내 엘비라는 그들의 관계를 의심하면서 집착과 의심을 하게 되는데…. (출처: 네이버 영화)

제2부

1기
오페라 작곡가로서
도전의 시기

1.
20세기 최고의 흥행사 푸치니의 초기작
〈요정 빌리〉와 〈에드가르〉

　베르디를 잇는 20세기 이후 이탈리아 최고의 작곡가 푸치니는 〈라 보엠〉, 〈토스카〉, 〈나비부인〉 등의 성공을 통해 세계인에게 가장 사랑받는 작곡가, 오페라계 최고의 흥행사라는 별칭을 얻었다. 푸치니는 66세의 인생을 살면서 〈요정 빌리〉(Le Villi, 1884)를 시작으로 미완성 오페라 〈투란도트〉까지 12편의 오페라를 작곡하였는데 첫 오페라 〈요정 빌리〉 이후 2년에서 7년 간격으로 오페라를 꾸준히 발표하였다. 그중 초기의 두 작품, 데뷔작 〈요정 빌리〉와 〈에드가르〉(Edgar, 1888)는 흥행 실패로 근래에는 자주 공연되지 않지만, 이 두 작품은 푸치니에게 크나큰 깨달음을 준 작품으로 후일 그가 대본에 집착하는 이유가 되었다.

　오페라 작곡가가 되고 싶은 가난한 젊은 청년 작가 푸치니는 졸업을 바로 앞두고도 금전적 문제 때문에 대본을 구할 수 없어 작품을 쓰지 못하고 있었다. 평소 푸치니의 재능을 아끼던 스승 폰키엘리(Amilcare Ponchielli, 1834~1886)는 그를 위하여 자신

페르디난도 폰타나(1850–1919).
[Archivio Storico Ricordi]

의 친구인 폰타나(Ferdinando Fontana, 1850~1919)를 소개하고 장래가 촉망되는 무명의 청년 푸치니를 위해 대본을 써 줄 것을 부탁한다. 그리고 대본료를 후불로 받기로 하고 푸치니는 폰타나의 대본으로 〈요정 빌리〉를 작곡, 손촌뇨사의 현상공모에 도전하지만 실패를 맛본다.

그러나 푸치니는 폰키엘리와 대본가 폰타나, 작곡가 보이토(Arigo Boito, 1842~1918)의 노력으로 다시 한번 기회를 얻게 되는데, 어느 사교 모임의 저녁 파티에서 〈요정 빌리〉의 일부를 소개한 후, 호평을 받아 이 모임의 후원으로 밀라노의 달 베르메 극장에서 성공적인 공연을 해낸다. 이 성공으로 푸치니는 그의 재능에 감동한 당시 음악계에서 가장 막강한 영향력을 행사하는 리코르디 출판사의 사장인 줄리오 리코르디(Giulio Ricordi, 1840~1912)에 의해 전속 작곡가로 영입되어 그의 후원을 받으며 성장할 수 있게 된다.

오페라 〈요정 빌리〉는 리코르디사의 제안으로 제2막으로 개정되어 1884년 12월에 토리노, 1885년 1월에 밀라노 스칼라극장에서 재공연되었다. 무명이었던 푸치니의 첫 작품 〈요정 빌리〉에서 이미 그만이 가진 특유의 서정적이며 매혹적인 선율과 한 폭의 그림을 보는듯한 관현악의 뛰어난 기법을 발견할 수 있었다.

푸치니 오페라 〈빌리〉 중 2막 안나와 요정 빌리에게 복수를 당하는 로베르토. [클리블랜드 오페라 무대]

　이 작품은 발레가 곁들어진 '오페라 발레'(opera ballo)라는 형식으로, 장 밥티스트 알퐁스 카르(Jean-Baptiste Alphonse Karr)의 단편 소설 「윌리스」(Les Willis)가 원작이다. 이 이야기는 중세 시대, 독일 남서부의 흑림(Black Forest)을 배경으로 하는 전설을 담고 있으며, 이 전설은 발레 〈지젤〉(Giselle)로도 유명하다.

　이 작품의 줄거리를 살펴보면, 막이 오르고 흑림의 한 마을에서 로베르토와 안나의 약혼식이 열린다. 로베르토는 이모에게 물려받은 재산을 받기 위해 마인츠로 떠나야 하지만 안나는 불길한 예감에 사로잡혀 그에게 가지 말라고 애원한다. 그럼에도 불구하고 로베르토는 영원한 사랑을 맹세하며 도시로 떠난다.

　이 장면 이후 막간 해설과 교향적 간주곡이라 하는 '트레겐다'(Tregenda, 마녀의 춤)가 연주된다. 연주 사이에 도시로 간 로베르토는 다른 여인의 유혹에 빠져 안나를 잊고 방탕한 생활을 하고 고향에서 그를 기다리던 안나는 상사병으로 결국 죽고 안나의 아버지 굴리엘모는 로베르토에게 복수를 다짐하며, 배신당한 연인의 영혼인 '빌리'들을 불러낸다는 해설이 등장한다.

해설과 간주곡이 끝나고 2막은 빈털터리가 되어 버림받은 로베르토가 뒤늦게 죄책감에 시달리며 마을로 돌아오는 장면이 시작이다. 그는 안나의 무덤가를 찾아가 용서를 구하지만, 이미 안나는 복수심에 불타는 빌리의 일원이 되어 나타난다. 안나의 유령과 빌리는 로베르토를 둘러싸고 그가 지칠 때까지 춤추게 하여 결국 죽음에 이르게 하고 멀리서 복수가 이루어졌음을 알리는 환호 소리가 들리며 오페라가 끝난다.

〈요정 빌리〉는 당시 유럽을 휩쓴 바그너 풍과 전통의 이탈리아 오페라 양식이 융합된 작품이다. 특히 이 작품에서는 간주곡 '트레겐다'를 통해 푸치니의 관현악적 역량을 관찰할 수 있는데 초기작에서 볼 수 있는 특유의 풍부한 관현악과 극적인 힘을 느낄 수 있다.

1888년에 폰타나의 대본으로 만들어진 푸치니의 두 번째 작품인 〈에드가르〉는 〈요정 빌리〉와 함께 공연하는 것이 관례이다. 시종일관 발레와 함께하는 〈요정 빌리〉와 마찬가지로 〈에드가르〉역시 프랑스 영향을 받은 작품이다. 〈에드가르〉는 1889년에 초연

되었으며 알프레드 드 뮈세의 희곡
『컵과 입술』(La coupe et les lévres)
을 폰타나의 대본으로 자유롭게 각
색한 작품이다.

푸치니는 〈에드가르〉를 작곡하는
도중 동생까지 죽게 되고 결혼 문제
등 개인적인 불행이 겹치며 집중이
어려워 완성도에 아쉬움이 남은 실
패작으로 평가되고 있다. 하지만, 그
의 재능을 높이 평가하고 물질적, 정
신적으로 지원하던 리코르디는 그

조반니 주카렐리(1846~1897)가 쓴
자코모 푸치니의 《에드가르》 대본
표지.

를 베르디의 진정한 후계자로 생각하며 다음 작품을 창작할 수
있도록 후원을 아끼지 않았다고 전해지며, 이러한 지원과 뼈저린
경험을 통해 푸치니는 1893년에 〈마농 레스코〉를 작곡하였고 대
성공을 거두며 푸치니 시대를 열게 된다.

〈에드가르〉를 살펴보면 막이 오르고 시골 마을의 아름답고 한
적한 광장에서 에드가르가 순수한 피델리아의 사랑과 방랑벽이
있는 티그라나의 유혹 사이에서 갈등하고 있는 모습을 볼 수 있
다. 티그라나는 마을 사람들의 기도 시간에 맞춰 방탕한 노래를
부르며 조롱하고, 분노한 마을 사람들은 그녀를 마을에서 쫓아내
려 한다.

에드가르는 티그라나를 변호하며, 결국 자신의 집을 불태우고

〈에드가르〉 3막 무대디자인. [Archivio Storico Ricordi]

그녀와 함께 마을을 떠나기로 한다. 이때 티그라나를 짝사랑하던 프랑크가 이를 저지하며 에드가르와 결투를 하지만 상처를 입고, 이에 마을 사람들은 떠나는 두 사람을 저주하며 막이 내린다.

2막은 주점으로 에드가르는 티그라나와 함께 도시의 향락적인 삶을 살지만, 곧 환멸을 느끼고 순수했던 피델리아를 그리워하는 모습을 볼 수 있다. 지나가던 군인 무리에서 지도자인 프랑크를 발견하고 화해를 청하며 군대에 합류하고 복수를 맹세하는 티그라나를 뒤로하고 에드가르는 전쟁터로 떠난다.

제3막 성벽 아래 전투에서 에드가르가 영웅적으로 전사했다는 소식이 전해지고, 장례 행렬이 이어진다. 수도승으로 변장한 에드가르는 자신의 관 속에 시신 대신 갑옷만 넣어둔 채, 자신의 과거

잘못을 이야기하며 주위 사람들의 비난을 유도한다. 이에 사람들은 그의 관을 훼손하려 하는데 이때 에드가르가 변장한 수도승의 모습을 벗어던진다. 피델리아가 살아있는 에드가르에게 달려가지만, 숨어있던 티그라나가 피델리아를 칼로 찔러 살해하고 에드가르는 절규하며 쓰러진 피델리아의 시신을 안고, 살인자 티그라나는 병사에게 끌려가며 막이 내린다.

푸치니의 오페라가 일반 관객들에게 가깝게 다가서고 심금을 울린 것은 그의 많은 작품에서 흥행사적 감각과 연출, 무대 등 전반적인 극장에 대한 이해와 노력이 있었음을 알 수 있다. 특히 좋은 대본을 얻기 위해 남다른 집착을 보여서 자신이 선택한 작품의 대본을 신중하고 세밀히 검토하여 최고의 대본을 만들었고 이러한 이유로 대본가들과 잦은 마찰을 빚으면서까지 작품을 완성해 나갔다고 한다.

이러한 대본에 관한 집착은 〈요정 빌리〉와 〈에드가르〉를 통해 얻은 교훈이라 할 수 있다. 그가 남긴 말 중 "좋은 대본이 없으면 내 음악은 쓸모가 없다."라는 말에서 좋은 대본을 향한 그의 집념과 노력을 엿볼 수 있다. 종합예술 오페라의 작곡가는 자신의 음악적 역량을 넘어서 모든 예술을 통찰할 수 있는 융합적 능력과 부단한 노력이 필요하다 할 수 있다. 오페라 역사상 이러한 능력을 갖춘 한 최고의 작곡가는 누구인가? 저자에게 질문한다면 나는 두말하지 않고 20세기 최고의 흥행사 푸치니라 답할 것이다.

2.
이룰 수 없는 비극적 사랑, 푸치니의 오페라
〈마농 레스코〉

　수많은 오페라 여주인공 중 요부로 주목을 받은 대표적 인물로 비제(Georges Bizet, 1838~1875) 오페라 〈카르멘〉(Carmen)의 여주인공 카르멘과 함께 푸치니의 오페라 〈마농 레스코〉(Manon Lescaut, 1893)의 마농을 빼놓고 이야기할 수 없다. 이러한 오페라 마농의 이야기는 1731년 프랑스 소설가 아베 프레보(Abbé Prévost, 1697~1763)가 쓴 연애 소설『마농 레스코와 기사 데 그리외 이야기』(Histoire du Chevalier des Grieux, et de Manon Lescaut)가 원작으로 엄청난 인기를 구가했다.

　당시 보수적인 프랑스 사회를 발칵 뒤집어 놓은 프레보가 쓴 파격적인 스토리는 제재의 대상으로 한때 출판 금지를 당하기까지 하였으나 그럼에도 불구하고 프랑스 대중들에게 욕망 덩어리로 점철된 이 이야기는 더욱 사랑을 받게 된다. 그리고 대중의 강력한 증쇄 요청으로 1753년에 작가 프레보는 원작에 더 자극적인 내용을 삽입해 개정판을 발표하고 이 마농의 이야기는 프랑스 문학 역사상 가장 많이 증판된 작품으로 1731년부터 1981년까지 250회 이상의 판본이 제작되었다고 전해진다.

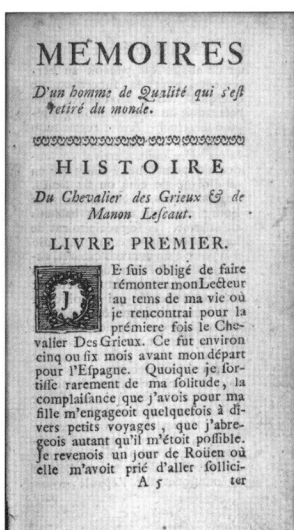

MEMOIRES
D'un homme de Qualité qui s'est retiré du monde.

HISTOIRE
Du Chevalier des Grieux & de Manon Lescaut.

LIVRE PREMIER.

J E fuis obligé de faire rémonter mon Lecteur au tems de ma vie où je rencontrai pour la première fois le Chevalier Des Grieux. Ce fut environ cinq ou fix mois avant mon départ pour l'Efpagne. Quoique je fortiffe rarement de ma folitude, la complaifance que j'avois pour ma fille m'engageoit quelquefois à divers petits voyages, que j'abregeois autant qu'il m'étoit poffible. Je revenois un jour de Roüen où elle m'avoit prié d'aller follici-
A 5   ter

아베 프레보의 『그리외와 마농 레스코 기사 역사』 원판 첫 페이지. [프랑스 국립도서관]

마치 우리나라의 아침드라마처럼 요부나 바람둥이, 사기꾼 같은 주인공과 그를 통해 기생하는 인간들의 제어할 수 없는 욕망을 기막히게 묘사한 이 작품은 소설뿐만 아니라 공연 예술인 영화, 연극, 오페라, 발레 등으로도 다수 작품이 제작되었다.

푸치니의 오페라 〈마농 레스코〉 역시 이 소설을 가져와 제작한 작품으로 푸치니가 〈마농 레스코〉의 오페라화를 생각하고 있을 때는 청년 작가로 실패를 맛보며 성장하고 있을 때였다. 이미 프랑스의 대 작곡가 마스네(Jules Émile Frédéric Massenet, 1842~1912)의 오페라 〈마농〉(Manon, 1884)은 유럽에서 큰 인기를 누리며 찬사를 받고 있었기 때문에 푸치니의 이러한 생각은 주변인에게 우려를 안겨주었다. 신인 작곡가의 기존 인기를 구가하고 있는 작품을 향한 도전은 너무 무모하게 보였기 때문이었다.

하지만 푸치니 생각은 완고했다. 이전 〈요정빌리〉와 〈에드가르〉의 실패가 대본의 문제였음을 인식한 푸치니는 레온까발로

(Ruggero Leoncavalo), 올리바(Domenico Oliva) 등과 대본 작업을 했지만, 완성본을 본 푸치니는 불만이 많았다고 전해진다. 푸치니는 이 대본으로 작곡을 계속할 수 없어 이들과 결별하고 자신과 함께 황금의 시기를 만든 대본가 자코사(Giuseppe Sacosa)와 일리카(Luigi Illica)의 대본 수정으로 만족하는 완성본을 얻을 수 있었다고 한다. 푸치니와 대본가들은 마스네의 〈마농〉과 중첩을 회피하는 노력을 하였다고 전해진다.

이러한 회피 노력으로 인해 대본의 약점이 조금 드러나기도 했으나, 워낙 뛰어난 원작을 소재화했기 때문에 구조적인 측면은 이전 푸치니의 두 작품과는 비교될 수 없을 정도로 뛰어난 대본이라 할 수 있었다.

푸치니는 〈마농 레스코〉의 성공으로 세계적인 작곡가의 반열에 올라가게 되었다. 이후 제작된 〈토스카〉, 〈라 보엠〉, 〈나비부인〉에는 미치지 못하지만, 이 작품 안에는 마치 화려한 멋진 의복처럼, 푸치니의 수려한 선율로 수놓았으며, 음악의 사실적 묘사와 탄탄한 구조는 기품과 아름다움을 더하게 만들었다. 파격적인 소재일지라도 푸치니의 오페라는 이를 음악의 아름다움으로 바라보게 했다.

1막의 무대 배경은 프랑스 북부 아미앵의 여관집 앞 광장이다. 마농은 그녀의 오빠 레스코와 함께 이곳에 도착했다. 기사 데 그리외는 그녀의 아름다움에 반해 레스코가 잠시 자리를 비운 사이 마농과 이야기를 나누고 둘은 다시 만날 것을 약속한다. 늙은 재무관 제롱트는 마농을 연모하고 있으며, 여관주인에게 마차를 빌려 마농을 납치하려는 계략을 세운다. 하지만 이를 데 그리외에게 알린 에드몬드의 도움으로 데 그리외와 마농은 준비해 둔 마차로 도망가고 사라진 마농을 찾기 위해 제롱트와 레스코는 파리로 간다.

마농 역에 서프라노 레나타 테발디, 데 그리외 역에 테너 플라시도 도밍고. 1980년 공연. [뉴욕 메트로폴리탄 오페라극장]

2막은 제롱트의 호화로운 집이다. 데 그리외와 사랑에 빠진 것도 잠시, 마농은 부유한 생활을 즐기고 싶은 마음에 제롱트의 애첩이 되었다. 호사스러운 생활을 영위하는 이 화려한 집에서 마농은 데 그리외와 함께 살았던 허름하고 불편했지만, 행복했던 생활을 그리워한다. 제롱트가 파티를 위해 먼저 떠나고 데 그리외가 마농을 찾아온다. 사치와 허영심 때문에 데 그리외를 떠난 마농, 그럼에도 불구하고 데 그리외는 다시 사랑을 호소하는 마농을 포용한다.

이때 제롱트가 들어오고, 마농은 거울을 집어 들어 그의 늙고 흉한 얼굴을 조소한다. 제롱트는 화를 내며 밖으로 나가고 데 그리외는 마농에게 빨리 도망치자고 말하지만, 그녀는 도망가기 전 보석과 재물을 챙기느라 방에 남아있다가 경찰에게 절도와 공공

〈마농 레스코〉(2007-08년 시즌). 2막 중 데 그리외를 배반하고 호사스런 생활을 하는 마농. [뉴욕 메트로폴리탄 오페라극장]

장소에서의 매춘이라는 죄명으로 체포당한다.

3막은 이른 아침의 르 아브르 항구의 부둣가이다. 마농은 다른 여자 죄수들과 함께 임시 감옥에서 미국행 배를 기다리고 있다. 해가 뜨기 전에 데 그리외와 레스코는 감옥에 갇혀 있는 마농을 구하기 위해 감옥 근처에서 기회를 엿보지만 삼엄한 경비로 이루어지지 못한다. 데 그리외는 몰래 감옥 창살을 통해 마농과 대화를 나눌 기회를 얻지만 이도 경비에 들켜 할 수 없게 된다. 마농이 배에 탈 때, 데 그리외는 그녀에게 달려간다. 그리고 이어서 데 그리외는 선장에게 뱃사람으로 미국으로 데려가 달라고 부탁한다. 데 그리외의 간절하고 애틋한 눈물의 호소에 감동한 선장은 데 그리외의 승선을 허가하고 그는 마농과 함께 미국으로 간다.

4막은 미국의 남부 뉴올리언즈 주변의 황량한 사막이다. 또 다

〈마농 레스코〉 4막. [뉴욕 메트로폴리탄 오페라극장]

른 문제를 일으켜 프랑스령에 있을 수 없는 마농과 데 그리외는 추적이 어려운 인적이 드문 황야를 헤매고 있다. 마농은 지쳐서 더 이상 움직일 수 없다고 말하고 잠시 기절한다. 데 그리외는 마농을 붙잡고 용기를 가지라 말하고, 마농은 의식을 되찾으며 목마르다고 말한다.

데 그리외는 물을 찾아 마농을 두고 황량한 벌판을 찾아 헤매지만, 결국 빈손으로 돌아오게 된다. 마농이 거의 숨을 거두려 하자 함께 죽고 싶다고 말하는 데 그리외를 말리며 마농은 마지막 키스를 나눈 후 서서히 죽어간다. 데 그리외는 계속해서 용기를 가지고 힘을 내라 절규하지만, 결국 그녀는 숨을 거두고 마농을 붙잡고 엎드려 통곡하는 데 그리외의 모습을 마지막으로 막을 내린다.

<마농 레스코>의 판권을 가진 리코르디사가 만든
공연 엽서.

전형적인 팜므파탈 스토리에 기반을 둔 오페라 <마농 레스코>는 프레보의 원작 소설의 풍부한 묘사를 사실적으로 담는 것은 거의 불가능하며, 원작을 읽고 <마농 레스코>를 관람한다면 실망스러울 수 있다. 원작 소설에는 순수하기 그지없는 데 그리외와 요부 마농의 모습이 대비되고 있는데, 오페라에서는 한없는 사랑보다 잘못된 만남으로 무너지는 데 그리외 모습에 더 초점이 맞추어 있다고 볼 수 있다. 그리고 악의 축으로 마농의 오빠인 레스코와 제롱트란 배역의 사실적 묘사 역시 원작과 다르지만 독자에게 흥미를 주는 요소로 작용하고 있다.

그럼에도 불구하고 <마농 레스코>는 풍부한 원작의 스토리를 시·공간의 제약으로 유발되는 오페라 영역의 부조화를 극복해내는 방법에 대해 많은 고민이 엿보인 작품이며, 이를 극복하기 위해 대본가와 푸치니는 효율적인 편집으로 이뤄냈다고 할 수 있다. 이를 통해 참여한 여러 대본가는 이 멋진 스토리를 최선을 다해 탄탄하고 현실성 있는 구조로 만들어 냈으며 여기에 푸치니는 음악으로 영혼을 불어넣었다. 그리고 이와 같은 작업은 이어 발표된 푸치니의 <라 보엠>, <토스카> 등을 세계 최정상에 올려놓는 밑거름이 되었다.

근래에는 과학기술의 진보와 더불어 혁신적인 무대 기술의 변화가 이루어졌으며, 작품에 담긴 정신을 다양한 시각 안에서 재현하고 연출로 승화시킬 수 있게 되었다. 이러한 이유로 융복합 예술인 오페라는 발전된 기술과 함께 이제 음악과 스토리가 지닌 한계를 허물고 더욱 세련되고 구조화된 공연예술로 관객에게 다가설 수 있게 되었다.

[Tip]

푸치니의 오페라 〈마농 레스코〉 중 4막 중 마농이 부르는 "홀로 외로이 버려져"(Sola, perduta abbandonata)는 푸치니의 오페라 아리아 레퍼토리 중 꼭 들어야 하는 수작으로 꼽히는 곡이다. 이 곡은 도망자가 되어 그녀의 연인인 데 그리외와 황량한 사막에서 죽음을 앞두고 부르는 아리아로 자신의 운명을 곱씹고 삶에 대한 반성과 성찰의 내용을 담고 있다. 황량한 땅에서 길을 잃어버렸다는 탄식과 더불어 자신의 운명을 받아들이고 "당신을 너무 사랑한 것을 용서해주오."라고 끝을 맺는 마농의 아리아는 마지막 순간, 비탄과 절망, 그리고 사랑에 대한 회한을 강력하고 감동적으로 다루 소프라노의 멋진 레퍼토리다.

제3부

2기
최고의 오페라 작곡가
반열에 오른 황금의 시기

1.
보헤미안 예술가들의 삶 오페라 〈라 보엠〉

　12월이면 세계 유수의 오페라 극장에서는 앞다투어 푸치니의 오페라 〈라 보엠〉(La Bohème, 이탈리아 토리노 오페라 극장 1895년 초연)을 올린다. 세계인이 가장 사랑하는 작품 중 하나인 12월의 오페라 〈라 보엠〉은 프랑스 출신 앙리 뮈르제(Henri Murger, 1822~1861)의 소설 『보헤미안의 생활 정경』(Scènes de la vie de Bohème, 1851)을 원작으로 하며, 푸치니와 황금기를 같이 이끌었던 주세페 자코사, 루이지 일리카의 대본으로 완성되었다. 파리의 가난한 예술가들의 청춘을 묘사한 이 작품은 완성도 높은 대본, 푸치니의 수려하고 매혹적인 선율과 흥행사적 기질이 녹아든 완벽한 작품이다.

　프랑스어 '보엠'(Bohème)은 '보헤미안'(Bohemian)을 이야기한다. 보헤미안은 유럽을 유랑하며 살았던 집시들을 지칭하기도 하고, 가난하지만 사회규범과 성공에 매달리기보다는 자유로운 삶을 추구하는 예술가들을 가리키는 단어이기도 하다.

푸치니의 〈라 보엠〉 사인 악보. [Archivio Storico Ricordi]

소설 원작은 파리와 견줄 수 있는 이탈리아의 가장 화려했던 도시 밀라노에서 가난한 유학 생활을 했던 푸치니에게는 자전적인 소재로 다가왔을 것이다. 푸치니가 다락방에서 가난과 싸워가며 동료 예술가들과 함께 꿈을 펼쳤던 당시 보헤미안적 삶의 추억은 오페라 〈라 보엠〉의 구석구석 디테일을 담는 중요한 경험이었을 것이다.

오페라 〈라 보엠〉은 크리스마스이브에 시작되는 주인공 시인 로돌포와 그의 연인 미미의 사랑 이야기로 파리 뒷골목의 가난한 예술가들의 사랑과 낭만을 담은 작품이다. 이 작품은 순수한 예술가들의 보헤미안적 삶을 볼 수 있는 에피소드와 가녀린 미미와 로돌포의 이루어질 수 없는 사랑을 죽음으로 이끌어 관객들의 심금을 울리고 있다.

사실 이 작품을 먼저 시도한 사람은 〈팔리아치〉(Pagliacci, 1892)를 쓴 레온까발로였다. 그러나 그는 푸치니보다 1년 늦게 완성하긴 했지만, 레온까발로(Ruggiero Leoncavallo, 1858~1919)의 〈라 보엠〉은 푸치니의 작품보다 드라마틱하고 직설적이어서 원작 소설의 분위기에 훨씬 가깝다는 평을 얻었고 초연도 성공적이었다. 그러나 그의 작품은 이러한 장점과 성공적인 평가에도 불구하고 푸치니의 오페라처럼 서정적인 멜로디를 다양하게 구사하지 못해 점점 인기가 떨어져 현재는 거의 공연되지 않고 있다.

푸치니의 〈라 보엠〉은 아이러니하게도 원작 소설 속 진실과 다르다. 원작 소설에서는 바람기 많은 미미의 모습을 볼 수 있다. 또한, 조연으로 등장하는 무제타는 오페라에서는 화려하고 다수의 남자를 거느리는 여자로 이야기되지만, 원작에는 순정파 여인으로 등장한다. 원작에서 과연 미미의 삶을 바꾼 푸치니의 의도는 무엇일까? 간혹 호사가 중에는 애증의 관계이면서 강한 성격을 소유했던 자신의 아내 엘비라 때문에 푸치니가 엘비라와 반대되는 청순가련형의 여성을 주인공으로 묘사했다는 이야기가 들리곤 한다.

그러나 가장 타당성 있는 이유로, 당시 사실주의 오페라 여주인 공들이 〈라 보엠〉의 미미처럼 청순가련형 여인으로 안타까운 죽음의 결말을 맞이하는 것이 당시 유행이라는 주장과 오페라 제작자나, 오페라를 후원하는 이들이 거의 남성이다 보니 남성이 원하는 시각으로 제작될 수밖에 없었다는 반 페미니즘적 주장에 무게가 더 실린다.

막이 오르고 가난한 젊은 예술가들이 모여 사는 1830년대 파리의 낡은 아파트의 꼭대기 층에서 시인 로돌포, 화가 마르첼로, 철학자 콜리네, 음악가 쇼나르는 집세를 받으러 온 집주인 베누아를 골탕 먹이고 함께 카페 '모뮈스'(Momus)로 간다. 친구들을 먼저 내보내고 잠시 혼자 방에 남아 원고를 마치려던 로돌포에게 이웃에 사는 미미라는 처녀가 촛불이 꺼져 불을 얻으러 찾아온다. 그녀는 로돌포의 다락방에서 열쇠를 잃어버리고, 촛불까지 다시 꺼져버리지만 두 남녀는 손을 잡고 어느새 운명적인 상대방과 마

파리 거리. 1896년 2월 1일 토리노 레지오 극장 세계 초연을 위한 〈라 보엠〉 2막 무대 디자인. [Archivio Storico Ricordi]

법처럼 한순간에 사랑이 이루어지는 환상적인 장면이 전개된다.

친구들의 재촉에 미미와 로돌포는 2막의 배경인 카페에서 친구들과 함께 식사하게 된다. 광장은 크리스마스를 축하하려는 인파로 가득한데 예전 화가 마르첼로의 연인이며 바람둥이로 유명한 미녀 무제타가 알친도로라는 돈 많은 노인을 애인으로 거느리고 카페에 들어선다. 하지만 마르첼로와 무제타는 여기서 서로에 대한 열정이 그대로임을 확인하고 계산서를 모두 알친도로 테이블에 떠넘기고는 함께 카페를 떠난다.

두 달 후 이른 새벽 파리시의 관문인 앙페르 문 앞이 3막의 배경이다. 무제타와 마르첼로는 이곳 술집에 방을 얻어 함께 살고 있다. 병색이 짙은 미미가 마르첼로를 찾아와 로돌포의 질투와 변

(위) 1막. 밀린 집세를 받으러 온 집주인 베누아를 우쭐거리게 한 다음 함정에 빠뜨릴 계략을 실행 중인 로돌포와 그의 친구들. / (아래) 2막. 카페 모무스 앞 거리에 등장한 무제타. (푸치니 〈라 보엠〉은 1830년대를 배경으로 하지만 광주시립 오페라단의 〈라 보엠〉은 1930년 파리 거리를 배경으로 한다. 원작에는 보이지 않던 무대의 파리 에펠탑이 보이는 것도 연출의 시대 변환의 산물이다. [광주시립 오페라단]

(위) 2막. 모무스 앞 거리에 등장한 군악대 마칭 밴드를 보며 환호하는 대중들. / (아래) 4막. 죽음을 맞이한 미미. [광주시립 오페라단. 2025년 공연 실황]

심으로 헤어질 수밖에 없게 되었다고 하소연한다. 둘의 대화 중 등장한 로돌포를 피해 미미는 몸을 숨기고 마르첼로는 이후 로돌포에게 이렇게 행동한 이유에 관해 묻는다. 로돌포는 가난한 자신과 함께 살아서 미미의 폐결핵이 더욱 악화하여 너무나 괴롭다며 가난이 결국 미미를 죽일 것이라는 로돌포의 회한에 찬 말을 한다. 이때 숨어서 둘의 이야기를 듣던 미미는 흐느끼다가 기침 발작을 일으키고. 이를 발견한 로돌포는 미미와 함께 조용히 이별의 노래를 부르며 결국 헤어진다.

4막은 다시 네 친구가 함께했던 다락방이다. 로돌포와 마르첼로는 헤어진 두 여인을 생각하고 있다가 등장한 두 친구 함께 코믹한 춤을 춘다. 이때 무제타가 달려 들어와 병이 위중해진 미미를 데려왔다고 말한다. 로돌포가 미미를 부축해 침대에 누이고 의사의 왕진비와 약값을 마련하고, 미미에게 토시를 사다 주기 위해 친구들은 둘만 남겨두고 나간다. 둘만이 남은 다락방, 1막에 들었던 멜로디가 흐르며 미미는 로돌포와 처음 만났던 날을 기쁘게 회상한다. 이때 무제타가 들어와 토시를 건네주고, 마르첼로는 의사를 불렀으니 곧 올 거라 이야기하고 있지만 잠이 드는 듯했던 미미는 조용히 숨을 거둔다. 늦게 미미의 죽음을 알아차린 로돌포는 서럽게 미미를 부르며 울며 막이 내린다.

당시 최고의 인기를 구가하던 흥행사 푸치니의 주요 작품들은 현대에서도 다시 뮤지컬로 제작되었다. 〈라 보엠〉 역시 〈렌트〉라는 뮤지컬로 만들어져, 현대 사회의 내음을 물씬 풍기며 브로드웨

4막. 죽음을 맞이한 미미와 오열하는 로돌포. [광주시립 오페라단. 2025년 공연 실황]

이에서 승승장구하고 있다. 그만큼 후대까지도 작품의 구조와 스케일이 현대 작품으로 각색되더라도 어색하지 않을 정도로 작품의 스토리와 구성이 뛰어나다 보니 〈라 보엠〉은 여타 다른 오페라보다 이질감 없이 오랫동안 세계인의 사랑을 독차지하고 있다고 볼 수 있다. 12월 겨울에 만나는 〈라 보엠〉은 신이 인간에게 선사한 가장 감동적인 무대이며, 오페라 극장을 찾는 관객에게 특별한 겨울을 선사할 것이다.

[Tip] ──────────────────────────────

12월 겨울이면 광주시립오페라단의 〈라 보엠〉을 이제 매년 볼 수 있다. 전석 매진과 언론과 평단의 극찬을 이끌어 낸 광주만의 특별한 〈라 보엠〉은 대한민국에서 가장 특별하게 만날 수 있는 이벤트로 클래식 애호가들을 설레이게 한다.

2.
푸치니의 격정적 드라마 오페라 〈토스카〉,
'예술에 살고 사랑에 살고'

3천 년 전에 세워진 도시 이탈리아의 로마는 고대 중세, 세상의 중심이었다. 도시 전체가 박물관인 이곳은 유럽의 정치, 사회, 문화 등 전 분야에 막대한 영향을 끼쳤고, 세계 최고의 건축물과 문화유산으로 가득 차 있다. 그중 아름다운 야경으로 사랑을 받는 산탄젤로 성(Castel Sant'Angelo, 천사의 성)은 푸치니의 오페라 〈토스카〉(Tosca, 1900)에서 3막에 여주인공이 뛰어내리는 성벽의 배경이기도 하다.

이탈리아 로마를 배경으로 하는 오페라 〈토스카〉는 단 하루 사이에 로마에서 펼쳐진 치정과 격정의 드라마이다. 1800년 6월 17일부터 다음 날 새벽 사이에 일어난 사건을 그려낸 이 작품은, 등장하는 주인공들이 가공의 인물이지만, 이들이 처한 정치적 배경은 그 시대 로마가 처했던 당시 상황을 적나라하게 이야기하고 있다.

가장 극적이고 강렬한 드라마 푸치니의 〈토스카〉는 매번 스타

자코모 푸치니의 오페라 〈토스카〉의 1899년 오리지널 포스터.

를 탄생시키는 작품으로 유일한 여성 출연자인 토스카 역으로 누가 무대에 오르는가는 오페라계의 핫 이슈 중 하나이다. 사실주의적 기법으로 오페라 전체가 강렬한 사운드를 이겨내야 하는 소프라노 역의 토스카는 아주 강렬한 소리와 더불어 감미로움 역시 지녀야 하므로 이에 도전하는 가수는 소리뿐만 아니라 최고의 기량과 연기 능력을 갖추어야 한다. 토스카 역의 성공은 최고의 프리마돈나로 인정을 받는 것으로 이는 출연하는 소프라노에게 부와 명예를 안겨주는 최고의 영예와 같은 왕관이라 할 수 있다. 세계적인 소프라노 마리아 칼라스, 안토니에타 스텔라, 레나타 테발디, 안젤라 게오르규 등의 대표적인 레퍼토리에 〈토스카〉를 빼놓을 수 없는 것도 이러한 이유이다.

이 오페라에서 강렬함을 내뿜는 또 하나의 역할은 토스카와 대척점을 이루는 악의 축 바리톤 역의 스카르피아이다. 바리톤 티토 곱비, 잉그바르 빅쉘, 실바노 까롤리, 우리나라의 고성현 등이 세계 무대에서 최고의 스카르피아로 인정받은 역할로 대중을 압도할 큰 소리뿐만 아니라 악의 화신이 부활한 듯한 강렬한 인상을 남기는 연기와 소리를 지녀야만 하기 때문이다. 성격배우로서 내

(위) 1막. 테데움을 연주하는 바리톤 고성현과 합창단. (아래) 2막. 열연하고 있는 토스카, 카바라도시, 스카르피아. [광주시립 오페라단. 2024년 공연 실황]

뿜는 강렬함과 토스카를 차지하려는 음흉하고 무서울 정도로 강한 눈빛, 거기에 섞인 조소를 접하는 관객은 악랄함의 끝판왕을 무대에서 직접 만날 수 있게 한다.

가끔 필자는 "당신은 왜 오페라 〈토스카〉를 사랑합니까?"라는 질문을 받는다. 이 질문에 대하여 필자는 "너무나도 푸치니를 사랑하며 그러하기에 가장 푸치니다운 오페라인 〈토스카〉를 사랑합니다. 오페라에는 강렬한 중독이 있습니다. 〈토스카〉는 보면 볼수록, 더 강렬한 토스카와 스카르피아를 찾게 되며 이는 음악학자 이용숙 선생님이 쓰시는 '오페라 행복한 중독'이라는 단어로 축약할 수 있을 것 같습니다."라고 답하곤 한다.

강렬함을 찾는 나에게 어떠한 사실주의 오페라보다 푸치니의 〈토스카〉는 목마른 사슴이 시냇물을 찾듯이 오페라를 향한 강렬한 욕구를 해결해주는 통로이다. 특히 경시총감 스카르피아는 너무 매력적인 역할이다. 인간의 목소리의 한계를 시험하듯 그가 합창단과 함께 하는 "Te Deum-테 데움"은 특히 매력적이다. 토스카를 쟁취하려는 그는 그녀의 약점인 질투를 이용하는데 악랄한 그의 자아를 드리우는 합창과 함께하는 이 곡은 스카르피아가 합창과 전쟁을 하듯이 노래를 부르며 이는 이제 토스카를 정복할 날만이 남았다는 스카르피아의 외침을 본듯하다.

〈토스카〉의 강렬함이 더욱 빛나는 이유는 무얼까? 이는 스카르피아의 악랄함을 상쇄하는 카바라도시와 토스카의 수려하고도 애절한 아리아가 있기 때문일 것이다. 3막 죽음을 앞둔 테너 카바

3막. 사형을 앞둔 카바라도시가 '별은 빛나건만'을 열창하고 있다. [광주시립 오페라단. 2024년 공연 실황]

라도시는 간수에게 반지를 뇌물로 주고 그 대가로 편지를 쓴다. 편지를 쓰면서 옛 추억에 잠긴 카바라도시는 너무나도 유명한 아리아 "별은 빛나건만"을 부른다. "별은 빛나고 대지는 향기로운데. 그녀가 들어와 향기롭게 내 팔에 안기네…." 오열하며 쓰러지는 카바라도시의 모습에 관객들은 잠시 박수를 보내지 못한다. 그리고 잠시 후 터져 나오는 환호와 박수…!

　너무 아름답고 애절한 이 곡은 지금까지 강렬함과 긴장감의 연속을 지켜봐야 했던 관객에게 환기의 요소로 슬프지만 아름다운 사랑의 감정을 느끼게 한다. 오페라가 끝나고 돌아가는 관객들은 콧노래로 "별은 빛나건만"을 읊는다. 강렬함보다는 음악으로 승화된 사랑의 감정을 가슴에 담았던 것이다.

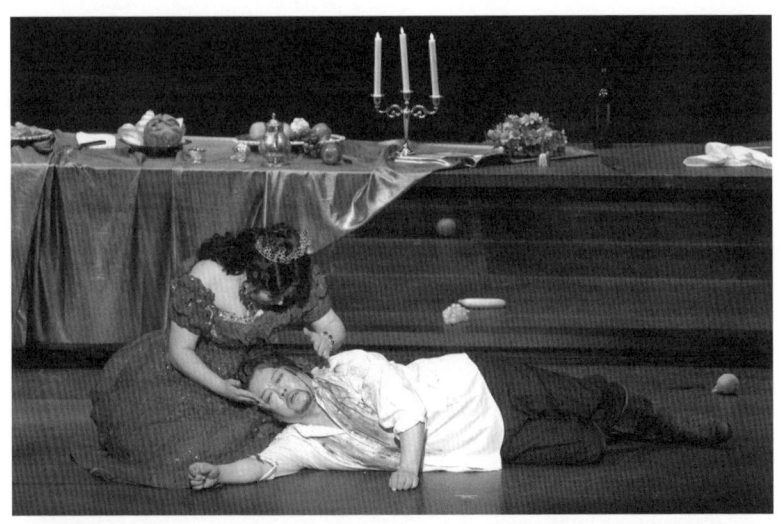

(위) 2막. 고문받는 카바라도시를 보고 오열하는 토스카. (아래) 토스카가 스카르피아를 살해하는 장면. [광주시립 오페라단. 2024년 공연 실황]

그리고 이렇게 깊은 여운을 주는 곡이 하나 더 있다. 토스카의 아리아 '예술에 살고, 사랑에 살고'이다. 사형에 처하게 된 토스카가 너무나 사랑하는 연인 카바라도시의 사형집행이 한 시간 앞으로 다가왔다며 스카르피아는 토스카에게 몸을 요구하며 협박한다. 토스카는 이 상황을 너무 괴로워하며 "예술에 살고 사랑에 살고, 살아서 존재하는 것에 전 아무 나쁜 짓을 하지 않았습니다… 성실하게 신앙을 가지고 제단에 항상 기도를 올렸건만…"이라고 노래한다.

이 아리아는 소프라노에게는 최고의 레퍼토리로 뽑히며 애창되는 곡이다. 아름다운 푸치니의 수려한 선율이 돋보이는 이 노래역시 관객들이 "별은 빛나건만"과 함께 뽑는 〈토스카〉 최고의 노래이며, 스카르피아의 악랄함과 강렬함을 상쇄 하는 명곡들이라 할 수 있을 것이다.

베리즈모 오페라의 정수라 불리는 〈토스카〉는 푸치니의 3대 오페라 중 가장 극렬한 작품으로 손꼽힌다. 프랑스 작가 빅토리앙사르두(Victorien Sardou, 1831~1908)가 명 배우 사라 베르나르를 위해 쓴 희곡 『라 토스카』를 기반으로 푸치니와 함께 '황금 시기'를 구가한 대본가 루이지 일리카와 주세페 자코사의 대본으로 로마 코스탄치(Costanzi) 극장에서 1900년 1월에 초연되었다.

내용을 살펴보자면 1800년 로마를 배경으로 하는 오페라 〈토스카〉에 등장하는 배역 중 가장 비열하고 악랄한 스카르피아는

3막. 토스카가 스카르피아의 부하들에게 쫓겨 천사의 성에서 뛰어내리기 전 스카르피아를 저주하는 장면. [광주시립 오페라단]

경시 총감이다. 비열하기 이를 데 없는 그는 호색한으로 국가의 주요 행사 때 무대에 오르는 오페라 가수 토스카를 연모하며 그녀를 손아귀에 넣으려 기회를 엿보고 있다.

하지만 스카르피아는 그녀가 화가 카바라도시와 열애 중인 것을 확인하고 카바라도시를 정치범으로 만들어 교수대에 보내고 토스카를 차지할 계략을 꾸민다. 이어 질투의 화신인 토스카가 카바라도시와 다른 귀족 부인과의 관계를 잠시 의심하게 만든다.

스카르피아의 계략은 성공을 앞두고 있다. 그는 경시청 자신의 사무실에서 탈옥한 공화국 집정관 안젤로티를 자기 별장에 숨겨준 카바라도시를 체포한 후 토스카에게 그를 살리고 싶으면 자신을 찾아오라 편지를 보낸다. 이윽고 도착한 토스카는 모진 고문을 당하고 있는 카바라도시의 절규를 듣고 괴로워한다. 그녀는 연인의 목숨을 구하기 위해 평소 뇌물을 밝히는 스카르피아에게 돈을 제시하지만, 스카르피아는 토스카의 몸을 요구한다. 갈등하던 토스카는 스카르피아의 요구를 받아들이는 조건으로 카바라도시의 석방 약속을 얻어내고 로마를 빠져나갈 통행증까지 받는다. 그리고 토스카는 식탁에 놓여있던 칼로 스카르피아를 찔러 죽인다.

죽음을 앞두고 감옥에 갇힌 카바라도시에게 달려간 토스카는 공포탄으로 거짓 처형을 할 것이라는 스카르피아가 언급한 내용을 알리며 카바라도시에게 다시 만날 것을 기약하지만, 총성이 울린 후 교활한 스카르피아의 거짓으로 그는 주검으로 돌아오고 토스카는 절망에 빠진다. 이어 스카르피아의 시신을 발견한 부하들이 달려와 체포하려 하자 토스카는 '스카르피아, 하느님 앞에서 보자!'라 외치며, '천사의 성' 성벽 꼭대기에서 몸을 던지며 막을 내린다.

〈토스카〉는 유난히 사고가 많은 오페라로 유명하다. 토스카가 뛰어내리는 장면에서 무대 뒤편의 안전장치의 쿠션이 과다해 뛰어내린 토스카가 다시 튕겨 오른다거나, 마리아 칼라스는 너무 몰입한 나머지 스카르피아 역의 티토 곱비를 정말 칼로 찌른 일도 있었다고 한다. 또한, 공포탄 사고 이외에도 황당한 사건이 자주 일어나기로 유명한 〈토스카〉는 그러하기에 연출가와 무대 스텝을 항상 극도로 긴장시키는 작품이다.

우리는 오페라 〈토스카〉에서 푸치니가 만든 사랑과 죽음, 격정의 대 서사를 담은 음악을 더 밀도 있게 만날 수 있다. 보는 이의 가슴에 푸치니가 던져주는 감동의 카타르시스를 만나고 싶다면 저자는 〈토스카〉를 만나길 추천해 본다.

[Tip]

• 한 장의 명 음반 : 소프라노 안토니에따 스텔라는 로마에서 세기의 테너라 불리는 마리오 델 모나코의 상대역으로 데뷔하였다. 수려한 미모와 더불어 강렬하면서도 호소력이 돋보인 그녀의 음성은 베리즈모 오페라에서 찬사를 받았다. 특히 베르디와 푸치니에 정평이 나 있으며, 음반사 데카(DECCA)에서 2021년 6월 출시된 GRANDI VOCI Antonietta Stella 트랙3에서 오페라 〈토스카〉의 Vissi d'arte Vissi d'amore(예술에 살고 사랑에 살고)의 명연주를 들을 수 있다.

3.
푸치니가 가장 사랑한 오페라 〈나비부인〉

서양인에게 동양은 신비롭기 그지없는 미지의 세계이자 과학기술을 기반으로 한 산업의 고도화로 인해 쏟아져 나오는 산물을 소비해줄 매력적인 시장이기도 했다. 서양의 함선에서 뿜어져 나오는 대포의 위력에 놀란 일본은 적극적으로 문호를 개방하고 진보된 문물을 받아들였다.

오페라 〈나비부인〉의 배경인 일본의 나가사키 항은 제일 먼저 제국주의 열강에 문호를 개방한 항구도시이다. 이곳에는 무역을 위한 상선과 더불어 늘어나는 교역으로 인해 서양 각국은 영사를 파견하였으며, 자국민 보호와 그들이 점령한 아시아의 식민지로 가는 경유지로 사용하였다.

항구 주변에는 큰 함선에서 하선한 멋진 제복 차림의 군인들도 자주 볼 수 있었다. 항구 주변에는 서양인들을 상대로 하는 게이샤들이 넘쳐났다. 당시 나가사키에 입항한 서양인은 사업이나 군인들로 대부분이 남성이었는데 이들은 동양 여인을 향한 동경과

콜리나 프레소 나가사키, 〈마담 버터플라이〉(1906) 1막 무대 디자인. [Archivio Storico Ricordi]

욕망으로 점철하여 그녀들을 취하였다. 이는 사회문제로 대두되기도 했지만, 당시 신분제와 극심한 성차별이 있었던 일본 여성들에게는 해방구로 서양 남성들과의 관계가 이용되기도 했다.

서양에 문호를 개방하고 위와 같은 당시의 나가사키 항구의 세태를 반영한 근대 서양인들의 오리엔탈리즘 오페라가 푸치니의 〈나비부인〉이다. 〈토스카〉 이후 4년 만에 탄생한 〈나비부인〉은 이국적이며 서정적 오페라로서 인기 있는 작품이다. 푸치니는 1900년 여름 런던에서 장기흥행으로 인기를 누리고 있는 벨라스코의 연극 〈나비부인〉을 보고 깊은 감명을 받았으며 이 작품을 토대로 주세페 자코사와 루이지 일리카의 대본으로 오페라 〈나비부인〉을 작곡하였다.

푸치니는 이 작품에 등장하는 비극적이며 순정적인 게이샤의 성격에 강한 인상을 받았고 이런 이국적이며 강렬한 소재는 그에게 큰 이끌림을 주었다. 그러나 2막 3장의 오페라 〈나비부인〉이 1904년 2월 17일 밀라노 스칼라 극장서 초연될 때 그의 바람과 다르게 실패의 쓴맛을 보았다.

그 이유는 처음부터 끝까지 무대에 등장하여 많은 음악적 부분을 소화해야 하는 프리마돈나의 체력적 문제와 이국적인 일본을 무대로 게이샤와 미국 장교의 사랑 이야기라는 파격적인 소재, 또 귀에 익숙하지 않은 동양 음계 등이 보수적인 시각이 강한 밀라노 청중들의 호응을 얻기 어려웠기 때문이다. 그러나 지나치게 긴 2막을 2장으로 나누고 핑커톤의 노래를 추가하는 등 단점을 보완해서 3개월 후 다시 브레시아 극장에서 공연하였을 때는 큰 성공을 거두는 쾌거를 이루었다.

나비부인은 순종적이며 청순가련한 일본 여인으로 유럽인들에게 사실상 이해하기 어렵지만, 매력적인 요소로 다가갔다. 그러나 나비부인은 상당이 힘이 드는 체력적 소모, 15세 소녀의 어린 목소리와 연기뿐만 아니라 성숙한 한 아이의 어머니 역할까지 수반해야 해서 성공적인 연주를 수행하기란 쉽지 않은 일이었다. 그래서 소프라노 가수들에게는 가장 도전적인 작품 중 하나이며 나비부인 역으로 무대에 올라 성공적인 연주를 해낸다는 것은 최고의

(위) 오페라 〈나비부인〉 중 결혼식 장면. 나비부인역에 소프라노 임세경, 핑커톤 역에 테너 이현, (아래) 샤플레스 영사 역에 바리톤 공병우. 달빛동맹 교류작품. 2023년 광주공연 실황. [대구오페라 하우스]

(위) 오페라 〈나비부인〉 중 결혼식을 기다리며. (아래) 종교 개종과 이방인에 시집 가는 나비부인이 힐난 당하는 장면. 달빛동맹 교류작품. 2023년 광주공연 실황. [대구오페라 하우스]

프리마돈나로 등극했음을 알리는 왕관을 쓴 것이나 다름이 없다.

〈나비부인〉의 1막은 나가사키 항구가 내려다보이는 언덕 위의 일본식 집이 배경이다. 미국 해군 장교 핑커톤은 집안이 몰락해 열다섯 살에 게이샤가 된 '초초'상과 일본식 전통 혼례를 가진다. 핑커톤은 장난에 불과했지만, 핑커톤을 진심으로 사랑하게 된 버터플라이(이름 초초는 나비를 가리킴)는 핑커톤과의 결혼에 모든 것을 걸고 기독교로 개종하고 친인척과 인연까지 끊는다.

나가사키의 미국 영사 샤플레스는 초초상의 진심을 걱정하고 핑커톤에게 신중하라고 충고하지만, 핑커톤은 그 충고를 가볍게 넘긴다. 숙부의 소란으로 엉망이 된 결혼식과 슬퍼하는 초초상을 달래는 핑커톤의 초야를 끝으로 2막으로 넘어간다. 나비부인은 미국으로 떠난 지 3년 동안 아무런 연락이 없는 핑커톤을 하염없이 기다린다. 하녀 스즈키가 '본국으로 돌아간 외국인 남편이 돌아왔다는 말은 들어본 적이 없다'라고 말하며 단념을 권한다. 그렇지만 나비부인은 크게 흥분하여 화를 내며 남편이 반드시 돌아올 것이라는 굳은 믿음을 가지고 있으며, 여러 유혹을 물리치며 자기 아들과 살아가고 있다.

핑커톤이 탄 아브라함 링컨호가 항구에 닻을 내렸다. 나비부인은 핑커톤이 탄 군함을 환영하는 예포 소리를 듣고 감격에 겨워 온 집안을 꽃으로 꾸며놓고 밤새 그를 기다린다. 2막 2장, 그를 기다리다 새벽이 밝아온 뒤에야 나비부인은 잠시 방 안으로 들어가 눈을 붙인다. 이때 핑커톤과 그의 약혼자 케이트, 영사가 나타나 스즈키에게 아이를 데려가겠다고 한다.

핑커톤은 온 집안에 가득한 꽃들을 보고는 괴로워서 숨어버리고, 케이트는 나비부인 앞에 나타나 아들을 친자식처럼 잘 키우겠다고 약속하고 이 말을 들은 나비부인은 30분 후에 핑커톤이 직접 아이를 데리러 와야 한다고 말한다, 그리고 다들 떠난 사이에 아이에게 마지막 작별을 고한 뒤 병풍 뒤로 가서 '명예롭게 살 수 없다면 명예롭게 죽으리라'라고 쓰여 있는 아버지의 칼로 자결한다. 핑커톤이 돌아와 '버터플라이'를 외쳐 부르는 가운데 막이 내린다.

너무나도 애절함이 가득한 나비부인을 푸치니는 자신이 가장 좋아하는 여주인공이라고 언급했다. 푸치니의 감성적 선율뿐만 아니라 아름다운 시적 글귀로 가득 찬 훌륭한 대본은 이 작품의 완성도를 고도화시키는 중요한 요소이다.

푸치니는 〈나비부인〉에서 역시 진한 감동으로 관객들의 눈물을 쏟아내게 한다. 〈나비부인〉에서는 '어떤 개인 날', '허밍 코러스' 등 우리에게 너무나도 잘 알려진 주옥같은 곡들을 들을 수 있다. 또한 이 작품 내내 한 번도 쉬지 않고 출연하여 엄청난 에너지를 발산하는 소프라노 주역의 나비부인의 음악적 테크닉과 연기를 주시하는 것 역시 흥미로운 감상 포인트이다.

1900년 초 당시 유럽인들은 〈나비부인〉의 초초상을 보고 오페라에 비치는 모습을 동양의 여인상으로 인식하기도 했다. 그만큼 융복합 예술인 오페라는 당시 시대를 비추는 표상이었으며, 모두가 꿈꾸는 세상을 음악으로 만나보려는 우리의 열망을 담은 공연예술이다. 복잡한 세상, 가슴을 뜨겁게 해주는 예술로의 여행 오페라로 맛볼 수 있는 행복한 중독일 것이다.

[Tip]

푸치니 오페라 〈나비부인〉 중 여주인공 초초상이 부르는 아리아 'Un bel di vedremo'(어떤 개인 날)은 서정적이면서도 극적인 감정 표현이 요구되는 소프라노의 대표적인 아리아다. 초초상의 강한 믿음과는 달리, 결국 핑커톤은 미국인 아내와 함께 나타나 아이만 데려가려 하고, 이는 초초상의 자결로 이어지는 비극의 전조로 아름답고 희망찬 선율 뒤에 숨겨진 비극적인 운명을 암시하여 관객들에게 더욱 애절하게 다가온다.

제 4 부

3기
새로운 음악을 향한
도전과 원숙기

1.
푸치니가 사랑한 미국 서부 걸크러시 이야기
〈서부의 아가씨〉

20세기 초반 세계 영화계를 휩쓸었던 서부극, 우리나라에서도 예외가 아니었다. 2008년 세르지오 레오네 감독의 석양의 무법자를 패러디한 한국 영화 〈좋은 놈, 나쁜 놈, 이상한 놈〉 역시 정우성, 이병헌, 송강호 등 한국 최고의 배우가 출연해 절찬리에 상영하였다. 또한 〈스타워즈〉, 〈매드맥스〉 등의 영화가 서부극의 범주로 보는 견해도 있는데 이를 보면 권선징악을 다루는 서부극은 현대인에게도 인기 있는 장르임이 분명하다.

서부극의 기원은 19세기 중엽에 출현한 미국의 싸구려 소설에서 시작한 것으로 보인다. 일찍이 미국에서 문명사회를 열며 주류라 여겼던 동부인들에게는 다소 야만적이고 미개한 땅인 미국 서부의 이야기라 여기지만, 그곳에서 활약하는 영웅인 버팔로 빌과 와일드 빌 히콕의 이야기는 일종의 영웅담으로서 엄청난 인기를 구가하며 연극으로 상연되기도 했다.

미지의 땅, 서부는 금광이 발견되면서 골드러쉬가 이루어졌다.

〈황금시대 서부의 아가씨〉 원작자 벨라스코, 세기의 지휘자 토스카니니, 작곡가 푸치니.

가난한 농부, 노동자뿐만 아니라 상인, 정치인, 의사 등 일확천금
을 꿈꾸는 세계인들이 모여들었다. 서부 개척시대라 불리며 아메
리카 대륙이 들썩이던 이때 푸치니는 미국을 방문하게 된다. 그는
1907년, 〈마농 레스코〉와 〈나비부인〉을 공연하러 뉴욕에 방문하
였고, 때마침 미국 작가 데이비드 벨라스코의 신작 연극 〈황금시
대 서부의 아가씨〉(The Girl of the Golden West, 1905)를 보게 된
다. 그리고 이 작품의 미니라는 여주인공에 매료되어 오페라로 제
작을 결심했다고 한다.

　〈나비부인〉 이후 새로운 소재를 찾기에 급급했던 푸치니에게
희극 〈황금시대 서부의 아가씨〉는 축복이었다. 푸치니는 오페라
〈서부의 아가씨〉(La fanciulla del West, 1910)를 '토레 델 라고' 호
수를 내려다보며 작업을 시작했다. 당시 푸치니는 아내 엘비라가

푸치니가 거주했던 토레 델 라고 별장 앞의 호수 전경. 토스카(1900), 나비부인(1904), 서부의 아가씨(1910), 라 론디네(1917), 일 트리티코(1918). 주요 작품을 이곳에서 썼다.

저지른 세기의 스캔들 '도리아 스캔들(Tip 참고)'로 사생활 논란에 휩싸여 있었지만, 그럼에도 불구하고 〈서부의 아가씨〉를 향한 그의 열정은 불타오르고 있었다.

　푸치니의 〈서부의 아가씨〉는 이국풍의 오페라로 두 번째 유럽 밖의 세계를 소재로 다룬 작품이다. 뉴욕 메트로폴리탄 초연 당시 작곡자 푸치니가 쉰다섯 번이나 커튼콜을 받을 정도로 미국인들의 열광적인 사랑을 받았다고 전해진다. 오늘날에도 미국에서 유럽보다 더 많이 공연이 이루어지고 있으며 미국을 위해 푸치니가 작품을 썼다는 사실에 대단한 자부심을 느낀다고 한다.

　19세기 황량한 미국 서부의 삶을 배경으로 하는 이 작품의 등장인물 모두는 사랑에 굶주려 있다. 이 작품에서 등장하는 유일한 여성 출연자 미니는 '청순가련'의 여인을 주인공으로 삼았던 푸치니의 이전 캐릭터와는 전혀 다르다고 볼 수 있는데 그녀는 18세의 나이에 거칠고 황량한 이곳에서 홀로 거친 광부들을 상대하고 있으며, 카리스마 넘치는 강한 여인상을 표방하고 있다. 하지만 그녀 역시 소녀다운 감성을 가지고 있는 여성이며 자신이 사랑하는 연인 앞에서는 수줍어하는 풋풋한 모습도 볼 수 있다.

〈서부의 아가씨〉의 시작은 미니가 운영하는 캘리포니아 금광 지대의 술집 '폴카'이다. 술집 벽에는 산적 라메레스의 현상금 포스터가 걸려있으며 광부들이 술을 마시고 있고, 한쪽 구석에서는 보안관 잭 랜스가 혼자 카드놀이를 하고 있다. 그리고 광부들은 요사이 출몰하는 산적 라메레스 이야기에 몰두하고 있다. 이곳 사내들에게 여주인 미니는 성경을 읽어주고 이들이 캐온 금을 보관해주며 모두에게 신임을 받고 있다. 보안관 랜스를 비롯한 이곳의 사내들은 미니를 유혹하려 애써 보지만 그녀에게 이들은 외로움을 달래려 이 술집을 찾아온 손님일 뿐이다.

한편 지명수배된 라메레스는 딕 존슨이라는 가명으로 이 술집의 황금을 훔치기 위해 찾아온다. 그를 의심하는 보안관 랜스에게 존슨을 옹호해 주는 미니는 그와 함께 왈츠를 추고 이야기를 나누며 서로를 사랑하게 된다. 미니는 존슨이 산적인 줄 모르고 광부들의 모은 재산이 저 통 안에 들어있으며, 그들이 얼마나 고생했는가 진지하게 이야기해준다. 미니의 진심 어린 이야기에 존슨은 자신의 약탈계획을 포기하고 미니는 존슨을 자기 오두막으로

(좌) 뉴욕 메트로폴리탄 오페라극장 1910년 초연 포스터. (우) 1911년 La fanciulla del West를 위해 주세페 팔란티가 제작한 포스터.

엔리코 카루소(Enrico Caruso, 1873~1921). 〈서부의 아가씨〉 초연 당시 사진. [Archivio Storico Ricordi]

초대한다.

무대는 미니의 오두막집으로 바뀌고 찾아온 존슨과 미니, 두 사람은 서로에게 사랑을 고백한다. 하지만 존슨이 미니에 키스하려 하자 미니는 이를 무례하게 여기고 자신은 매춘부 니나와 같은 여성이 아니라며 그를 밀어내며 그에게 니나를 아느냐고 묻고, 존슨은 모른다고 답한다.

이때 밖에서 들려오는 소란스러움에 놀란 미니는 존슨을 숨겨주고 보안관 랜스는 무장한 남자들과 함께 존슨을 찾으며 그가 바로 산적 라메레스이며 존슨의 애인 니나가 그 사실을 밝혔다고 이야기한다. 하지만 미니는 존슨을 지켜주고 랜스 보안관 일행은 돌아간다. 일행이 돌아가고 미니는 존슨을 무섭게 다그치며 도둑은 용서해도 다른 여자의 남자라는 점은 용서할 수 없다며 쫓아낸다.

초연 당시 미니 역에 소프라노 에미 데스킨과 딕 존슨 역에 세기의 테너 엔리코 카루소. [미국 뉴욕 공립 도서관(NYPL) 디지털 컬렉션]

그러자 존슨은 도둑일 수밖에 없는 자신의 처지를 한탄하고 진정으로 미니 당신을 사랑해서 함께 멀리 도망가서 행복하게 사는 꿈을 꾸고 있다고 고백한다. 그리고 위험을 무릅쓰고 미니의 집을 떠난다. 이어 들리는 총성에 놀란 미니는 집 앞에 쓰러져 있는 존슨을 발견하게 된다. 그리고 그를 끌고 들어와 지붕 밑 다락방에 숨긴다. 보안관 랜스가 다시 돌아와 존슨을 내놓으라고 하고 부정하는 미니, 하지만 그 순간, 두 사람은 천장에서 떨어지는 피를 보고 만다. 그리고 이미 출혈이 심해 죽어가는 존슨을 두 사람이 보게 된다. 미니는 랜스에게 당신이 이기면 원하는 결혼에 응하고 존슨을 체포해 가라는 것과 만일 미니 자신이 이기면 존슨의 체포를 포기하는 조건으로 카드 게임을 하자고 제의한다. 그리고 게임의 결과는 필사적으로 존슨을 살리기 위해 속임수를 쓴 미니의 승리로 끝나게 된다.

이 오페라 마지막 장면인 3막의 시작은 산속이다. 보안관 랜스

존슨 역을 열연하는 테너 요하네스 카우프만. [뉴욕 메트로폴리탄 오페라극장 2018년]

초연 당시 3막. 교수형에 처하게 된 존슨 역의 테너 엔리코 카루소. [1910년 뉴욕 메트로 폴리탄 오페라 초연 장면]

가 도망친 존슨을 체포하기 위해 광부들에게 온 산을 뒤지게 하는 장면과 더불어 존슨이 잡혔다는 소식이 들려온다. 밧줄에 묶인 존슨에게 광부들은 욕과 폭행을 하고 더불어 그동안 주변에서 벌어졌던 각종 죄를 그에게 전가한다. 그리고 존슨이 자신들에게서 미니를 빼앗아갔다고 더욱 분개하며 존슨의 목에 밧줄을 걸어 교수형을 실행하려 한다.

이때 등장한 미니는 광부들에게 다가가 그들의 이름을 하나씩 부르고 진정으로 존슨을 처형하기를 바라냐고 물으며, 모두에게 진정한 사랑을 일깨워 준다. 광부들은 미니의 간절한 설득에 감동하고 존슨을 풀어주기로 한다. 그리고 존슨은 광부들에게 감사를 표하고 미니와 함께 이들의 환송을 받으며 산 너머로 떠나가며

교수형을 앞둔 존슨을 살리기 위해 찾아온 미니가 총을 쏘는 장면. [뉴욕 메트로폴리탄 오페라극장 2018년 시즌]

오페라는 막을 내린다.

〈서부의 아가씨〉에서 지금까지 봐왔던 푸치니 오페라에서 반복되던 공식인 여주인공의 죽음은 없다. 비극적인 결말, 가련한 여주인공의 죽음, 이런 요소는 사라지고 당시 서부 개척시대, 미지의 세계를 향한 동경을 묘사하듯, 존슨의 꿈은 황금이 아닌 미니라는 여인을 통해 이루어졌다. 당시에는 서부영화가 나오기 전이었으며, 세계의 주목을 받은 〈서부의 아가씨〉 대 성공은 후일 서부영화의 탄생에 촉매제가 되었다는 이야기가 있다.

미국 서부 캘리포니아의 골드러쉬에 참여했던 많은 이들은 일확천금을 벌어 고향으로 '금의환향'하기를 소원했다. 마치 우리 아버지, 어머니들이 과거 열대 사막에서 일군으로, 독일에서 광부와 간호사로 피땀 흘려 돈을 벌어 가족과 행복한 삶을 꿈꾸며 귀환하길 원했듯이 당시 그곳에 있는 모든 이들은 "잘 있거라 캘리포니아여!"라는 마지막 대사를 읊길 원했을 것이다. 존슨은 금을 캐지 못하고 도적으로 지내는 도망자 신세로 물질을 소유하진 못했지만, 물질보다 소중한 연인 미니를 얻었다. 미니 역시 마찬가지였을 것이다.

급변하는 세상, 하루하루가 서부에서 금을 캐듯 매일 쳇바퀴를 돌리는 삶을 영위하는 현대인에게 과연 미니는 누구일까? 현대인이 이룰 수 없는 영화 같은 장면, 〈서부의 아가씨〉를 통해 진정한 사랑이 역경을 이겨내는 멋진 대 서사에 우리는 감동하고, 우리 삶의 참 행복이 무엇일까 생각해 보게 된다.

[Tip] ───────────────────────────────

'푸치니 도리아 스캔들'은 1909년, 푸치니의 하녀였던 도리아 만프레디(Doria Manfredi)가 푸치니의 부인 엘비라의 질투와 모함으로 인해 자살한 사건으로, 불륜 의혹이 불거지며 푸치니를 괴롭히고 작곡 활동에 영향을 준 큰 스캔들이다. 푸치니의 의붓딸이 도리아를 시기하여 엘비라에게 불륜을 부추겼고, 결국 죄 없는 도리아가 극단적인 선택을 하면서 큰 파장을 일으켰다.

2.
푸치니의 원숙기, 비운의 명작 오페라 〈제비〉

    1980년대 후반 거장 제임스 아이보리 감독의 영화 〈전망 좋은 방〉(A room with a view, 1989)은 아카데미상을 비롯하여 세계 영화계를 휩쓴 명작 중 하나이다. 세계적인 명배우들이 함께한 이 영화는 유럽에서 가장 아름다운 도시로 손꼽히는 이탈리아 피렌체를 배경으로 두 남녀의 사랑 이야기를 다루고 있다.

    피렌체를 생각하면 떠 오르는 푸치니의 〈잔니 스끼끼〉의 '사랑하는 나의 아버지'(O mio babbino caro)가 영화 시작과 함께 흘러나오는 이 영화는 베토벤의 피아노 소나타 21번 '발트슈타인'과 슈베르트 피아노 소나타 등이 어우러져 아름다운 풍광을 빛나게 하고 있다. 이 영

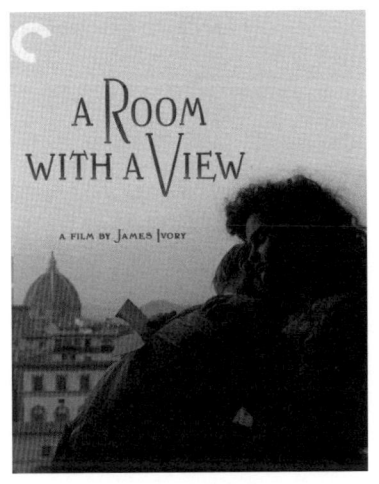

영화 〈전망 좋은 방〉 포스터

〈제비〉. 1917년 이탈리아 볼로냐 공연 포스터.

화 포스터에는 '인생을 영원히 바꿀 가슴 뛰는 첫 키스'라는 문구가 선명히 적혀 있는데 이 문구는 당시 온 세상 젊은이들의 가슴을 설레게 하였다.

그래서 첫 키스 장면에 등장하는 푸치니의 오페라 〈제비〉(La Rondine, 1917)의 아리아 '도레타의 꿈'(Chi il bel sogno di Doretta)은 이 영화에서 가장 강력히 관객들 기억에 남는 영화음악이라 할 수 있을 것이다. 이 아리아가 흐르며 아름다운 정경 아래 주인공 조시와 루시가 첫 키스를 하는 장면은 이 영화의 가장 극적인 장면을 묘사한다.

영화 〈전망 좋은 방〉에서 각인된 푸치니의 오페라 〈제비〉는 1차 세계대전 중인 1916년 작곡되어 1917년 어렵게 무대에 올려지게 된다. 당시 국제 정세의 미묘한 변화로 원래 상연하기로 한 오스트리아에서 공연되지 못하고 이탈리아어로 각색되어 중립국인 모나코 몬테카를로 오페라극장에서 초연되었다.

이 작품이 완성될 시기에는 죽음이 난무하는 혼란의 시대로 이러한 영향 때문에, 푸치니의 원숙기 작품임에도 불구하고 그의 작품에서 볼 수 있는 죽기 살기로 사랑하거나 가슴을 찢는 듯한 비애나 분노 등의 강렬함과 애절함이 없어서 그런지 죽는 사람도

없고 극적인 사건도 일어나지 않는다. 잔잔하고 아름다운 음악이 중심이지만 이 오페라가 낭만적인 요소로만 채워졌다고도 볼 수 없다.

1910년 뉴욕 메트로폴리탄에서 〈서부의 아가씨〉가 초연된 이후 6년이 지나 오페라 〈제비〉가 완성되었다. 〈제비〉는 푸치니의 음악세계를 펼쳐 보이는 원숙기의 작품으로 오페레타적인 분위기를 갖춘 산뜻하고 세련된 음악극을 시도하였으나 이러한 시도와는 달리 그의 오페라 중 가장 실패한 작품이 되었다. 가장 주된 이유로 이야기 내용의 구성이 시대에 뒤떨어졌기 때문이다. 이는 특별히 대본의 완성도와 그 구성에 공을 들였던 푸치니가 당시 전쟁의 혼란스러운 유럽의 상황 때문에 이에 신경을 쓰지 못했을 것이라는 후문이 있다.

3막으로 구성된 이 오페라의 줄거리를 살펴보자. 무대는 프랑스 제2 제국 시기의 파리이며, 여주인공 마그다는 부유한 은행장 람발도가 후원하는 고급 호스티스로 매일 화려한 파티와 함께 향락적인 삶을 영위하고 있다. 그녀는 후원자 람발도가 그녀의 요구를 뭐든 다 들어 주어서 화려하고 부족함이 없는 생활을 하지만 마그다는 자기 주위에는 허구와 가식으로 가득 찬 사람들만 있다는 것을 깨닫고는 진실한 사랑을 갈구하는 마음이 생긴다.

이 때문에 그녀는 옛날 순박했던 첫사랑, 가난한 고학생을 불

2023~2024년 푸치니 오페라 〈제비〉. [뉴욕 메트로폴리탄 오페라 극장]

현듯 떠올리며 그리움에 사무친다. 마그다는 평소와 다르게 평범하게 차려입고 간 한 파티장에서 자신의 첫사랑을 연상하게 하는 청년 루제로를 만나 사랑에 빠진다. 그리고 둘은 도피하여 프랑스 남부 니스에 행복한 보금자리를 마련한다. 하지만 세상과 등지며 사는 그들은 경제적으로 어려움을 겪을 수밖에 없었다.

마그다의 과거에 관하여 모르는 루제로는 그녀와의 결혼을 결심하고 자신의 아버지에게 편지를 보내 마그다와의 결혼 허락을 구한다. 그리고 아버지는 결혼할 사람이 순결하며 명예로운 여인이라면 환영한다는 뜻을 전달하지만, 마그다는 자신이 사랑하는 루제로에게 어울리는 순결한 여인이 아니라며, 자신을 찾아온 람

2023~2024년 푸치니 오페라 〈제비〉. [뉴욕 메트로폴리탄 오페라 극장]

발도와 제비처럼 다시 예전의 마그다로 돌아가겠다는 노래를 부르며 오페라 〈제비〉는 막을 내린다.

　오페라의 내용은 베르디의 〈라 트라비아타〉와 많은 부분이 오마주가 된다. 하지만 〈제비〉는 〈라 트라비아타〉의 죽음으로 결말을 맞이하는 비련의 여주인공과 달리 여주인공의 잠시 일탈을 보는 듯한 하나의 해프닝으로 끝나는 결말이 상이하다. 상당히 비슷한 배경과 스토리 전개가 이루어지지만, 구조적 측면에서 〈제비〉는 부족함을 내보이고 있다.

　평소 품행이 단정치 못한 마그다에게 사랑하는 남자 루제로가 생기지만 그의 보수적인 집안은 마그다와의 사랑을 허락하지 않고 결혼이 성사되지 못하도록 방해하지만, 후에 둘의 혼인을 승낙하나 마그다는 떠난다는 내용의 스토리는 지금까지 봐왔던 푸치니의 다른 오페라와는 이질감이 있는 참신성 없는 구시대적 소재였다.

또한 〈나비부인〉이라든지 〈토스카〉처럼 보여줄 주요 등장인물이 없다는 점도 이 작품의 실패 원인이라 할 수 있다. 이 때문인지 세계 1차 대전 중 무대에 올려진 〈제비〉는 그의 작품 중 가장 조잡하다는 평가를 받는 것이 사실이다.

하지만 이러한 대본과 구성의 약점은 푸치니의 음악과는 별개였다. 〈제비〉는 이중 조성 패시지까지, 포함된 세련된 화성의 사용과 섬세한 오케스트레이션은 푸치니의 음악이 멈추지 않고 끝없이 발전하고 있음을 알 수 있게 했다. 또한 푸치니 특유의 아름답고 매혹적인 선율도 건재하며, 제1막에서 마그다의 두 개의 아리아와 제2막의 댄스음악은 걸작이라 할 수 있다.

이렇듯 이전 작품인 〈서부의 아가씨〉나 〈나비부인〉처럼 폭발적인 에너지는 없지만, 웅변과 매력이 넘치는 대목은 점점 발전해가는 푸치니 내면의 음악을 느낄 수 있게 한다. 그러나 극으로서는 흥미와 감동 그리고 줄거리의 전체적인 짜임새가 없는 실패작이라는 것은 부인할 수 없다. 아무리 수려한 음악으로 작품을 감싸 안아도 종합예술인 오페라는 시각적인 강렬함과 서사 없이는 관객에게 사랑받을 수 없다. 그럼에도 불구하고 푸치니의 〈제비〉

의 마그다의 아리아 '도레타의 꿈'은 그의 명곡으로 수많은 소프라노에 의해 무대에서 불리고 세계인의 가슴을 뛰게 하는 영화의 한 장면 속 모두의 꿈 같은 키스를 소환하고 있다.

[Tip]

- 명곡소개 : '도레타의 꿈'(Chi il bel sogno di Doretta)은 푸치니 오페라 '라 론디네' 1막에서 마그다가 부르는 소프라노 아리아로, 시인 프뤼니에가 부르기 시작한 도레타 이야기의 뒷 부분을 마그다가 이어 부르며, 가난하지만 진실한 사랑(대학생)이 부귀영화(왕)보다 값지다는 내용을 담고 있습니다.
- 추천 음반 : 워너 클래식 1997년 발매, 소프라노 안젤라 게오르규, 테너 로베르토 알라냐, 지휘 안토니오 파파노, 런던심포니 오케스트라.

3.
이룰 수 없는 사랑의 결과가 초래한 참혹한 비극
〈외투〉

세계 어디를 막론하고 불륜은 드라마 소재로 각광 받는다. 남미, 스페인, 미주, 아시아권 등 해외의 불륜 드라마는 격정적이고 19금을 넘나들며 파격적인 내용으로 자국 안방극장의 시청자들을 들었다 났다 한다.

한국에서는 불륜에 막장까지 더해 한층 묘한 매력을 발산하며 또 다른, 격정의 장르로 사랑과 배반, 복수를 절절히 풀어내 한국의 안방극장을 넘어 또 다른 영역의 드라마 한류로 세계 속에서 인기를 구가하고 있다. 오페라 안에서도 불륜은 가끔 차용되는 관심의 대상이며, 특히 사실주의 오페라에서는 끔찍한 죽음의 비극적 결말을 통해 카타르시스를 도출해 내고 있다.

푸치니에게 광적으로 집착한 저자에게 그의 완성된 마지막 오페라 〈삼부작〉(Il Triticco, 2018년 뉴욕 메트로폴리탄 오페라극장 초연) 직관은 버킷리스트 중 하나였다. 이 작품은 제작 여건상 각기 다

2018년 푸치니 오페라 〈삼부작〉 탄생 기념. 미켈레가 자신의 연적 루이지와 조르제따를 죽이는 장면. [뉴욕 메트로폴리탄 오페라극장]

른 많은 배역과 서로 이질적인 음향의 대비 등 다양한 이유로 우리나라에서 만나기 어려운 작품이었다.

저자는 이탈리아 로마에서 유학하는 시절 로마 오페라극장에서 〈삼부작〉(〈외투〉〈수녀 안젤리카〉〈잔니 스키키〉 세 편의 단막 오페라 모음집)을 만나는 행운을 얻었다. 특히 이 세 작품 중 〈외투〉는 너무 매력적인 작품으로 강력하고 스산한 음향과 마지막 살벌할 정도로 비극적인 죽음과 그 뒤에 다가오는 고요함은 당시 저자에게 감동을 넘어선 충격으로 다가오는 작품으로 뇌리에 남았다. 이러한 색다른 푸치니와의 만남은, 후일 저자가 푸치니 연구에 매진하게 되는 가장 큰 영향을 준 작품이라 할 수 있다.

한 시간 단막 오페라 세 작품을 함께 올려지길, 바랬던 푸치니는 단테 『신곡』에서 말하는 '슬픈 시작'에 이어 '행복한 결말'처럼

2018년 푸치니 오페라 〈외투〉 무대. [뉴욕 메트로폴리탄 오페라극장]

〈삼부작〉을 통해 세 편의 각기 다른 인간 사회의 서사를 미술관에서 세 폭의 그림을 보듯 관람하길 원했다. 〈삼부작〉은 불행의 시작과 이어지는 구원의 빛 그리고 해학과 즐거움이라는 결말로 사랑과 미움, 인간의 죄와 구원, 인간의 욕망과 이기적 태도 등이 다양하게 표현되어 있고 종교와 교훈을 모두 갖춘 수작이다.

〈외투〉(Il Trittico, 1918)는 〈삼부작〉의 첫 번째 작품 단테『신곡』의 지옥편에 해당하는 작품으로 '슬픈 시작'에 해당한다. 이 작품은 인간 삶의 무상함과 불륜의 사랑으로 일어나는 비극적 결말을 통한 교훈을 이야기한다. 〈외투〉는 칠흑 같은 어두움과 불륜으로 인한 끔찍할 정도로 무서운 살인을 소재로 한 사실주의 색채가 강한 오페라이다.

50살의 선주 미켈레와 생명의
은인인 그의 아내 조르제따는 25
살로 나이 차이가 크게 나며 근래
에 부부관계가 원만하지 않고 미
켈레는 항상 자신보다 너무 어린
아내 때문에 불안해한다. 조르제따
는 연하남 하역부 루이지와 불륜
관계이다. 두 사람은 자신들의 모
습을 한탄하며 대도시를 동경하고
있고 그곳에 가길 꿈꾸고 있다. 그
리고 그들은 오늘 밤, 성냥불을 켜

오페라 〈외투〉 포스터. [Archivio Storico
Ricordi]

서 그것을 신호로 만나 도망갈 것을 약속한다.

미켈레는 차가운 조르제따의 반응으로 남자가 있음을 직시하
고 복수를 다짐한다. 미켈레는 배 위로 나와 담배 파이프에 불을
붙이기 위해 성냥불을 켜는데 그것을 신호로 오인한 루이지가 모
습을 보인다. 미켈레는 그가 조르제따와 불륜 관계의 남성임을 직
감하고 선상에 등장한 루이지의 목을 졸라 자백시킨 후 그를 죽
이고 시체를 자신의 외투 안에 숨긴다.

그때 조용한 소란에 조르제따는 겁에 질려 등장하고 미켈레는
분노로 외투를 펼쳐 루이지 시체에 그녀의 얼굴을 들이대며 죽여
버린다. 둘의 시체를 두고 미켈레는 "흘러라, 영원한 강이여. 깊은
수수께끼를 숨긴 채 괴로움의 초조함은 그칠 날이 없다."라며 고

오페라 〈외투〉(1918 초연)
미켈레 역 의상스케치.

뇌를 독백하며 막이 내린다.

　이 작품을 상징하는 미켈레의 너른 외투는 아내 조르제따를 품고 사랑을 나눈 매개체임과 동시에 자신의 연적인 루이지를 죽여 시체를 품었던 공간이기도 하다. 바다의 추위를 막고 자신의 사랑을 품으며, 역경의 삶과 함께한 미켈레의 외투에 푸치니의 특별한 외투 사랑을 투영해 볼 수 있다.

　푸치니 자신의 대표작 〈라 보엠〉 중 여주인공 미미의 약값을 구하기 위해 평생 자신과 함께 한 외투를 팔려는 철학가 콜리네의 아리아 '외투의 노래'를 보아도 알 수 있다. 멋진 외투를 걸치고 파이프 담배를 물었던 괴팍한 스타 푸치니가 자신의 외투에 대한 상념을 두 작품에서 투영한 것이 아니겠냐는 생각이 들기도 한다.

　국내에서는 〈삼부작〉 중 마지막 작품인 오페라 부파 〈잔니스끼끼〉가 인기 있는 작품으로 자주 무대에 올려지며, 여자 대학 중심으로 출연자 전원이 여성인 〈수녀 안젤리카〉가 가끔 올려지곤 했다. 하지만 첫 번째 작품인 〈외투〉는 드라마틱한 오케스트라의 음향을 지배해야 하는 성악가의 부재와 너무 무거운 주제로 인해 자주 연주되지 못했을 뿐만 아니라, 세 작품이 함께 올려지는 경우는 거의 찾아볼 수 없다.

20여 년 전 이탈리아 로마 오페라극장에서 만났던 〈삼부작〉, 당시 영웅적인 목소리로 유학도들의 우상이었던 테너 니콜라 마르티누치를 만났던 기억이 가슴을 뛰게 한다. 기회가 다시 된다면 로마에서 만났던 〈삼부작〉을 우리나라에서도 자주 만날 수 있길 소원한다.

[Tip] ────────────────────────────────

푸치니 오페라 중 〈외투〉에 관련된 오페라와 아리아

1) 푸치니 오페라 외투 중 '아무것도 없군! 고요하구나!'(Nulla! Silenzio!)는 아내 조르제타의 외도를 의심하는 선주 미켈레의 아리아로 고뇌와 질투, 분노에 휩싸인 그가 어두운 센 강변에서 혼자 부르는 노래이다. 아내의 정부가 누구인지 추측하며 복수를 다짐하는 인간의 어두운 내면을 강력한 가창력으로 표현하는 바리톤의 아리아다.

2) 푸치니의 오페라 〈라 보엠〉 4막에 등장하는 철학자인 베이스 콜리네의 아리아로 '낡은 외투여, 들어라'(Vecchia zimarra, senti)는 흔히 '외투의 노래'로 불린다. 이 아리아는 콜리네가 결핵으로 죽어가는 주인공 미미를 보고 약값과 의사 진료비를 구하기 위해 철학자 콜리네는 자신이 아끼는 유일한 재산이자 오랜 친구 같은 낡은 외투를 전당포에 맡기기로 한다. 외투를 벗으며 작별 인사를 건네는 장면에 부르는 아리아로 콜리네는 외투에게 "너는 한 번도 부자나 권력자 앞에서 굽신거린 적이 없으며, 내 주머니 속에 철학자들과 시인들을 품어 주었다"고 고마움을 전한다. 친구를 위해 자신의 가장 소중한 것을 기꺼이 희생하는 고귀한 우정을 보여준다.

4.
간절함과 진실함으로 구원의 문을 연
〈수녀 안젤리카〉

　20세기, 최대 걸작으로 꼽히는 푸치니의 완성된 마지막 오페라 〈삼부작〉은 사실주의와 인상주의적 요소, 그리고 파토스적 요소를 모두 보여준 작품이다. 이처럼 최고의 평가를 받는 〈삼부작〉은 완성까지 10년이라는 세월을 기다려야 했다.

　푸치니는 〈토스카〉가 작곡될 무렵 세 편의 단막 오페라를 묶어 〈삼부작〉이라 명명하고 이 세 작품을 한 무대에 올리기를 희망하였다. 〈삼부작〉은 이탈리아에서 세 폭짜리 그림 혹은 '병풍'이라는 의미로 사용되고 있는데 푸치니는 이 단어를 이용하여 자신의 오페라 작품 세 개를 나열하는 식의 독립적 작품으로 제작하길 원했다. 〈삼부작〉은 줄거리나 대본의 시간적 배경, 무대 배경이 각각 독립적임에도 불구하고 하루에 공연되도록 계획되었다. 이런 새로운 음악극의 형식은 후대의 작곡가들에게 영향을 주었다.

　푸치니는 단테 『신곡』에서 말하는 '슬픈 시작'에 이어 '행복한 결말'처럼 〈삼부작〉의 진행도 불행의 시작과 이어지는 구원의 빛 그리고 해학과 즐거움이라는 결말로 하나의 연결된 고리로 세 작품의 이음새를 연결해가고 있다. 〈삼부작〉 대본의 특색은 사랑과 미움, 인간의 죄와 구원, 인간의 욕망과 이기적 태도 등이 다양하게 표현되어 있고 종교와 교훈을 모두 갖춘 수작이다.

〈수녀 안젤리카〉
1918년 초연 포스터.
[Archivio Storico Ricordi]

〈수녀 안젤리카〉(Suor Angelica, 1918)는 형식을 차용한 단테 『신곡』의 「연옥」 부분에 해당한다. 동서고금을 막론하고 내세를 대부분 지옥과 천국으로 표현하지만, 가톨릭의 영향을 받은 단테는 중간에 「연옥」을 넣어 자신의 문학에서 회개를 통해 천국으로 갈 수 있는, 기회를 열어주고 있다. 이곳은 인간의 내면 의지를 강하게 표출할 수 있는 창구로 인간 내면의 고통을 승화시키는 자유의지를 통한 종교적 구원을 들여다볼 수 있다.

〈삼부작〉의 두 번째 단막극인 〈수녀 안젤리카〉는 첫 번째 작품 〈외투〉가 완성된 그 이듬해 이탈리아의 한 수녀원을 배경으로 작곡되었다. 1600년 바로크 시대를 배경으로 세속에서 버림받은 한 여인의 수녀원에서 삶과 죽음, 참회와 구원의 이야기를 다루고 있는데 사회로부터 배척당한 한 여인의 아픔과 비극적 죽음을 성극의 느낌을 가미하여 조바끼노 포르차노의 대본으로 완성하였다.

푸치니는 이 대본을 처음 읽고 "내가 너무 오랫동안 꿈꿔왔던" 주제를 찾았다며 너무 기뻐했다고 한다. 그는 이 〈수녀 안젤리카〉를 자신의 고향인 루까 근처 비코뻴라고(Vicopelago)의 수녀원장으로 있는 큰누이를 방문하여 수녀들에게 들려주었고 그녀들 역시 눈물을 흘리며 만족하였다고 전해진다.

종교적 배경을 가진 이 작품은 푸치니가 오랫동안 구상해 왔던 신비로운 소재로 그의 마음에 흡족하여 몇 주 만에 음악을 완성하였다고 전해진다. 〈수녀 안젤리카〉는 여인들만 등장하고 있는데 주인공 안젤리카를 비롯해 그녀의 숙모, 수녀들과 수녀장 등이다. 여인극이라는 볼거리의 한계성에도 불구하고 안젤리카의 일목요연한 감정묘사와 내면 의지에 관한 강한 구사력으로 극의 긴장을 이끌어가려는 의도가 돋보인 작품이다. 그리고 무대 배경이 성당과 수녀들로 채워져 언뜻 종교극으로 보일 수 있지만, 그 이상의 사회적 실상과 모성애를 담고 있는 드라마적 요소를 지닌다.

푸치니는 현실주의자로 신앙이 돈독한 사람은 아니었지만, 가정환경이 종교적 분위기에 있었기 때문에 〈수녀 안젤리카〉의 작곡은 쉽게 풀려나갔다. 이 작품에서 드러나는 종교적 의미 때문에 푸치니의 신앙이 깊은 게 아니었을까 하고 많은 사람들이 추측하지만, 단지 이 작품이 지양하는 신비적 분위기로 느낄 수 있는 문학적 소재 때문이지 이외에 다른 의도는 없었다고 한다.

〈수녀 안젤리카〉 명연주로 평찬을 받은 소프라노 제럴딘 패러(Geraldine Farrar) 1918년 메트로폴리탄 공연 모습. [Library of Congress. George Grantham Bain Collection]

〈삼부작-수녀 안젤리카〉는 1918년 12월 뉴욕 메트로폴리탄 오페라 극장에서 초연되었다. 이 연주에 비록 푸치니가 건강상의 문제로 참석하지 못했지만, 유럽에서는 그 이듬해인 1919년 1월 푸치니 자신의 총지휘로 로마 콘스탄츠 오페라 극장에서 공연되었으며 성공 여부를 떠나서 그가 오랫동안 구상한 오페라 작업이 철저하게 펼쳐진 연주라고 전해진다.

이 작품의 구성은 세 부분으로 나누어진다. 처음 부분은 수녀들의 밝고 순수한 모습을 다루고, 둘째 부분은 안젤리카 백모 등장 후 반전하듯 어두운 분위기로 바뀌어 갈등하는 이야기로, 마지막은 안젤리카의 자살과 참회 그리고 구원과 기적을 만들어가는 이야기를 다룬다. 이 작품은 비극적 소재에서 출발하지만, 한 인간

2007년 〈수녀 안젤리카〉 공연 실황. 극중 숙모로부터 아기의 죽음에 대해 들은 안젤리카가 절망하여 쓰러진 상황. 안젤리카 역의 소프라노 Barbara Frittoli. [뉴욕 메트로폴리탄 오페라극장]

의 참회를 통한 구원이 존재하고 이것이 빛으로 점철됨을 발견할 수 있다. 이러한 빛의 세계를 오페라 마지막 장면의 무대를 통하여 볼 수 있다.

7년간 수녀원에서 생활을 보내고 있는 주인공인 수녀 안젤리카는 피렌체 귀족의 딸로 부모가 허락하지 않은 아이를 낳았다는 이유로 이곳에서 참회의 생활을 하고 있다. 막이 올려지며 성당의 종소리가 들려오고 햇살이 샘물에 비친다. 안젤리카와 수녀들은 아베 마리아를 부르고, 수녀 제노비에파가 나와서 정원에 있는 샘물이 햇빛에 의해 황금빛으로 빛나는 것을 발견했다며, 성모 마리아가 내린 기적이라고 기뻐한다.

그러나 한편으로는 전에도 이런 기적이 일어났을 때 한 수녀가 죽은 것을 떠 올리며, 관객은 이 대사로 인해 안젤리카의 죽음을 상상할 수 있다. 여기서 안젤리카는 성모 마리아에게 구원을 바라는 노래를 부르는데 원장은 세속적 희망은 모두 버려야 한다고 훈계한다. 그리고 안젤리카를 면회 온 숙모인 공작부인이 등장하고 그녀는 이번에 결혼하는 안젤리카의 여동생에게 재산을 양도한다는 내용의 서류에 서명할 것을 안젤리카에게 강요하며 과거를 새삼스럽게 힐책한다.

안젤리카는 7년 전에 낳고 헤어진 어린 자식의 소식을 숙모에게 묻자 2년 전에 병으로 죽었다고 거짓으로 말한다. 놀란 안젤리카는 엎드려 울며 "엄마를 남겨놓고 죽다니, 사랑하는 아가야"라는 유명한 아리아를 부르고 숙모는 서류를 들고 가버린다. 깊은 밤 무덤만 보이는 이곳에서 안젤리카는 자살하려 한다. 그녀는 독초를 뽑아 독약을 만들어 마시면서 성모 마리아에게 자살하는 죄의 용서를 빈다.

그때 멀리서 천사들의 합창이 들려오고 교회가 신비로운 빛으로 감싸이며 성모 마리아가 안젤리카의 자식을 데리고 나타나 그녀 근처에 앉힌다. 안젤리카는 마지막 힘을 다해서 자식 곁으로 가려다 천사들의 합창 가운데서 숨을 거둔다.

자살은 기독교에서는 가장 큰 죄이며, 그 대가는 끔찍한 지옥의 형벌이다. 단테 『신곡』 「지옥」 편에서 자살자는 형벌로 움직이지 못하는 나무가 되며, 몹시도 추한 지옥의 괴물 새들이 날아와 쪼아대는 고통을 당한다고 묘사하고 있다. 나무가 된 자살자는 괴물 새를 뿌리치는 어떤 몸짓도 할 수 없으며 꼼짝없이 당해야만 한다. 몸은 나무가 되고 영혼은 나무 속에 들어앉아 자신의 육체를 버릴 수도 없다고 한다. 그래서 죽지 못하고 영원히 연장된 고통을 당한다고 단테는 묘사하고 있다.

푸치니는 숭고한 구원을 음악에 담아, 이러한 고통의 지옥으로 떨어질 수밖에 없는 안젤리카를 「연옥」으로 끄집어 올렸다. 그리고 죽는 순간 진실한 참회로 천국 문을 여는 그녀를 통해, 억지스러운 표현일 수 있으나 애틋하고 따뜻한 죽음을 관객들에게 바라보게 하였다.

이 작품은 성극, 또는 여성극의 특성을 가지며 획일적인 진행과 떨어지는 긴장감으로 듣고 보는 재미에 외면받을 수 있지만, 음악

〈수녀 안젤리카〉 마지막 엔딩 부분. [뉴욕 메트로폴리탄 오페라극장]

전반에 푸치니가 숨겨 놓은 극적 긴장감이 고조되는 음악과 수려한 감동의 선율, 그리고 분위기 환기를 위한 재치 있는 음형은 지루함을 극복하는 다른 매력이라 할 수 있다. 화려하고 웅장함, 재미난 오페라를 보아왔던 애호가들에게 〈수녀 안젤리카〉는 특별한 별미로 다가올 수 있을 것이다.

내면의 강한 의지가 표출된 진실한 참회를 통한 구원의 모습은 이승의 삶 속에서 위기와 실수를 접했을 때 우리의 모습을 다시 돌아보게 한다. 간절함과 진실함을 통한 변화로 승리하는 삶을 이룰 수 있는 것, 우리가 〈수녀 안젤리카〉를 통해 얻을 수 있는 교훈이 아닐까?

[Tip]

- 명곡 추천 : 'Senza mamma, o bimbo, tu sei morto!'(아가야! 엄마도 없이 죽다니)를 1994년에 출시된 DECCA 레이블 음반 〈Il Trittico-Suor Angelica〉의 수녀 안젤리카 역의 소프라노 미렐라 프레니(Mirella Freni, 1935~2020) 목소리로 듣기를 추천한다.
- 내용 : 자식을 잃은 엄마의 비통한 마음을 표현한 아리아로 후반부에 효과적인 화음과 함께 조화를 이루는 감동의 멜로디는 너무 아름다우며 합창과 오르간, 하프 등이 함께 오케스트라는 웅장함과 수려함으로 감동을 선사한다.

5.
'슬픈 시작'이었으나 '행복한 결말'로 끝나는
〈잔니 스끼끼〉

현대인에게 돈이란 무엇인가? 묻는다면 대부분 사람은 두말없이 모든 것을 이룰 수 있는 절대적인 존재로 이야기할 것이다. 작금의 시대 일어나는 전쟁도, 권력, 세상의 모든 흥망성쇠가 돈의 흐름과 관련 있다고 다양한 도서, 언론을 비롯한 미디어 등에서 이야기하고 있기 때문이다. 이러한 세태를 잘 반영하듯 드라마나 영화에서 금수저의 대물림 수단으로 가장 주목을 받는 '유산'은 자주 등장하는 소재이다. 현대뿐만 아니라 물질에 관한 욕망 역시 과거 세대에도 마찬가지였나보다. 푸치니와 극작가 포르차노는 700년 전 단테 가문에서 일어난 유산 상속에 얽힌 희대의 사기꾼을 소환하여 작품을 만들었다.

푸치니 〈삼부작〉 중 마지막 작품 〈잔니 스끼끼〉(Gianni Schicchi, 1918)는 푸치니가 만든 마지막 완성작으로 유일한 희극 오페라이다. 명랑하고, 해학적이며, 동시에 사실적이고 예리한 묘사가 특징인 이 작품은 〈삼부작〉 중 가장 호평을 받았다. 명쾌함과 모티

〈잔니 스끼끼〉 초연 오페라 포스터.

브 중심적 진행, 불협화음과 리듬의 교묘한 처리가 한층 돋보이는 작품으로 지금까지 사랑을 받아오고 있다. 또한 희극의 특성뿐만 아니라 베리즈모적 표현도 뛰어난 작품으로 작곡가 푸치니는 웃음과 해학 속에서도 인간의 물질에 관한 욕망을 신랄하게 비판하고 있다.

〈잔니 스끼끼〉는 14세기 이탈리아 피렌체가 배경이다. 내용을 살펴보면 이 지역의 부호인 도나티 가문의 부오조가 죽어서 침대 위에 누워있고 고인을 두고 몇몇 사람이 애도하고 있다. 그들은 부오조의 유산을 차지하려고 모여든 친척들로 거짓 슬픔으로 애도를 하고 있다. 마치 드라마 〈재벌집 막내아들〉에서 진 회장의 유서에 관심을 보이는 그의 가족들이 연상된다.

친척 중 요즘 사랑에 빠진 청년인 리누치오가 부오조의 유언장을 찾아냈다. 유언장의 내용은 수도원에 모든 재산을 기부한다는 내용이다. 자신들이 조금이라도 상속받길 원했던 부오조의 친척들은 낙심하고 실의에 빠지게 된다. 이때 리누치오는 유언장에 관한 해결사로 잔니 스끼끼를 생각해낸다. 그리고 그가 사랑하는 연인 라우레따의 아버지인 잔니 스끼끼를 친척들에게 소개하고 데

2018년 메트로폴리탄 오페라 〈잔니 스끼끼〉 공연 실황. 부오조 친척들이 유언장 읽는 장면. [캔 하워드 사진/ 뉴욕 베트로폴리딘 오페라극장]

려오게 한다.

드디어 이 오페라의 주인공 희대의 사기꾼 잔니 스끼끼가 그의 딸 라우레따를 데리고 등장한다. 평소에 잔니 스끼끼를 달갑게 생각하지 않는 부오조의 친척들은 우리나라의 양가 집안 간 혼수 다툼처럼 리누치오와 라우레따의 결혼 지참금으로 인해 잔니와 다툼을 벌인다. 잔니 스끼끼는 탐욕에 눈이 어두운 이들의 마음을 읽고 새로운 유언장을 만들 수 있다는 말을 전한다.

필자는 이 부분에서 한국 영화나 드라마의 단골로 등장하는 머리 좋은 사기꾼들이 생각난다. 친척들은 잔니를 인정하고 그에게 이번 일을 맡긴다. 그리고 잔니는 이러한 문서조작의 공범자들 역시 손목을 잘리고 피렌체에서 영원히 추방되는 벌을 받는다는 사실까지 친척들에게 알려주며 죽기 전의 부오조로 변장하고 공증인들 앞에서 새 유언장을 만들 계획을 이야기한다.

부오조로 변장한 잔니 스끼끼는 부오조의 목소리를 흉내 내어 공증인과 증인을 속이고 새로운 유언장을 작성한다. 그런데, 가장 중요한 유산인 저택과 암말 그리고 씨냐의 방앗간의 유산 상속을 잔니 스끼끼에게 한다는 것이다. 유산을 잔니 스끼끼에게 빼앗긴 시모네를 비롯한 도나티 일가는 공증인과 증인 앞에서 피렌체의 무서운 처벌 때문에, 입을 다물 수밖에 없다. 하지만 공증인이 나가자 거세게 소리를 지르며 항의를 한다.

그러나 이미 부오조의 유산이 잔니 스끼끼 것임을 천명하면서, 잔니 스끼끼는 친척들을 모두 쫓아내고 딸과 딸의 애인인 리누치

2018년 잔니 스끼끼 공연 실황. 유산을 가로챈 잔니(플라시도 도밍고)를 부오조 친척들이
비난하는 장면. [캔 하워드 사진/뉴욕 메트로폴리탄 오페라극장]

오는 기쁨을 속삭인다. 주인공 잔니 스끼끼는 관객석을 향해 다음
의 대사를 한 후 막이 내린다.

　　"자, 여러분 즐겁게 보셨습니까? 부오조의 재산을 이보다 잘 처
리할 수 있을까요? 그런데 말입니다. 저는 이 일로 지옥에 떨어지
게 되었습니다. 여러분이 이 오페라를 재미있게 봐주셨다면 아마
위대한 단테 할아버지께서도 관대히 봐주시고 그 정상을 참작해서
용서해 주시겠죠."

　푸치니는 〈삼부작〉을 '슬픈 출발에 이은 행복한 결말'이라고 이
야기했다. 〈외투〉가 어둡고 끔찍한 치정 살인이면 지옥편은 슬픈

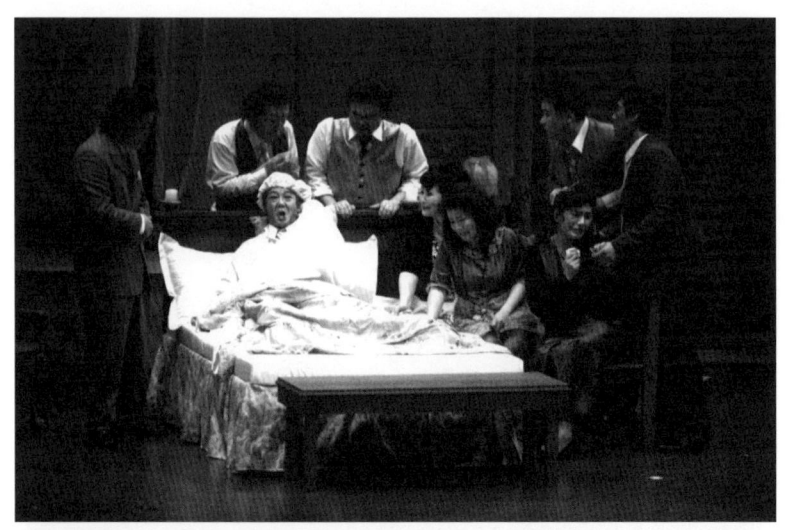

호남오페라단 〈잔니 스끼끼〉. 필자 시모네 역 출연.

출발이고, 〈수녀 안젤리카〉는 구원의 연옥에 해당한다. 그리고 즐겁고 유쾌한 결말의 〈잔니 스끼끼〉가 천국에 해당한다. 〈삼부작〉 중 행복한 결말의 〈잔니 스끼끼〉는 우리에게 슬픈 출발일지언정 행복한 결말에 도달할 수 있다고 힘든 우리 삶의 여정에 용기를 북돋아 주었다.

청년 세대에게 헬 조선이라 불리는 현재의 대한민국, 작금의 삶이 어렵고 힘들지라도 유럽 문학의 신성 단테와 대 작곡가 푸치니는 말한다. 하지만 행복한 결말이 아직 우리를 기다리고 있다고… 오늘도 지옥을 걷는 여러분! 재미있는 희극 한 편 보면서 좌절과 고됨을 씻어내 봅시다.

[Tip]

함께 들어봐야 할 명곡 : 'O mio babbino caro'(오 사랑하는 나의 아버지) - 음반 데카/미렐라 프레니, 피렌체 오월 음악제 오케스트라 및 합창단, 1991년 녹음.
한 번쯤 들어 봤을 〈잔니 스끼끼〉 중 라우레따가 부르는 아리아 '오 사랑하는 나의 아버지'는 자신의 아버지 잔니 스끼끼에게 "사랑하는 나의 아버지 내가 사랑하는 리누치오와 결혼을 허락하지 않으면, 베끼오 다리에서 뛰어내려 죽어버릴 거예요." 결혼을 허락해달라는 내용의 아리아이다.

6.
Vincero! 승리는 나의 것, 유작 오페라 〈투란도트〉

푸치니는 자신을 스스로 '극장을 위해 신의 명을 받은 사람'이라고 이야기할 정도로 흥행사로서 감각이 뛰어났다. 푸치니의 음악은 수려한 선율과 분위기를 주도하는 화성을 기막힐 정도로 조화롭게 만들었다. 그는 흥행사로서 관객을 압도하는 음악을 만들었을 뿐만 아니라 작품의 소재, 대본 작업부터 연출, 캐스팅까지

자코모 푸치니(Giacomo Puccini)

오페라 제작 전 과정에 참여하여 자신의 의도대로 작품을 만들기 위해 각고의 노력을 했다 이로 인해 완성도 높은 오페라를 무대에 세우며 관객의 찬사를 받았지만, 작품의 완성 과정에서 제작진과 끊임없는 마찰이 생성됐으며, 제작에 참여하는 이들은 엄청난 스트레스를 토로하기 일쑤였다고 한다.

푸치니가 "창의적이고 독특한 작품"이라고 말했던 오페라 〈투란도트〉는 그의 미완성 유작이다. 그에게 새로운 도전이었으며, 이전 자신의 작품과 다른 확장된 모습을 선보인 이 작품은 대작으로 베로나 야외극장을 비롯한 대형 무대에 올리는 단골 레퍼토리로 그의 오페라 중 가장 사랑을 받는 작품 중 하나이다.

1926년 4월 25일, 작가 레오폴도 메틀리코비츠가 만든 오페라 〈투란도트〉 홍보 포스터.

푸치니가 작곡한 3막 오페라로 그의 죽음으로 인해 미완으로 남았지만, 푸치니가 남긴 스케치와 자료를 바탕으로 프랑코 알파노(Franco Alfano, 1875~1954)가 〈투란도트〉의 마지막 부분을 완성했다. 그리고 토스카니니의 지휘로 밀라노 라 스칼라 오페라 극장에서 1926년 4월 25일 초연될 수 있었다.

초연 당시 류가 세상을 떠나는 장면에서 토스카니니가 지휘봉을 내리고 관객을 향해 갑자기 돌아서며 공연이 중단되었다고 한다. 그 이유는 지휘자 토스카니니의 벗이었던 푸치니에게 경의를 표하려는 의도였으며, 관객을 향해 "마에스트로 푸치니가 작곡한 부분은 여기까지입니다"라고 퇴장해서 초연은 푸치니가 생전에

작곡한 부분까지만 연주되었다. 하지만 〈투란도트〉의 초연은 미완성작임에도 불구하고 대성공을 거두었으며, 다음날 공연에서는 우리가 지금 보는 알파노에 의해 마무리된 완성체가 연주되었다.

〈투란도트〉는 서양인의 오리엔탈리즘이 극대화한 오페라이다. 현대의 퓨전 사극처럼 판타지다운 설정인 이 작품의 극 중 설정은 중국이 배경이지만, 내용이나 등장인물은 이질적이다. 주인공인 공주 투란도트는 페르시아식 이름이며 전개되는 극의 내용 역시 〈투란도트〉의 원전이 페르시아의 〈아라비안나이트〉의 '천일야화'에 수록된 이야기이기 때문이다.

중국의 한 광장, 투란도트 공주는 자신과 결혼을 하려면 수수께끼 세 문제를 맞혀야 하며 문제를 맞히지 못한 자는 칼날 아래 그 오만한 머리를 내놓아야 한다는 이야기와 함께 오페라 〈투란도트〉의 막이 오른다. 광장에서는 타타르 왕국의 몰락 이후, 뿔뿔이 흩어졌던 칼라프 왕자와 그의 아버지인 티무르 그리고 그를 지극 정성으로 보살피고 있는 하녀 류가 상봉의 기쁨을 나누고 있다.

이어 광장 안에는 페르시아 왕자의 참수형 거행을 위한 준비가 진행되고 이 모습을 본 칼라프는 분개하며 투란도트를 부른다. 하지만 참수형의 집행명령을 내리기 위해 등장한 투란도트의 아름다운 외모에 칼라프는 첫눈에 사랑에 빠져버리고 티무르와 류의 만류에도 이미 사랑에 눈이 먼 칼라프는 투란도트의 수수께끼에 도전하겠다고 한다.

한밤중에 벌어진 소란에, 세 대신인 핑, 퐁, 팡이 나와 더는 도전자들이 죽어 나가는 꼴을 못 보겠다며 칼라프 앞을 막아서지만 칼라프의 결심은 완고하다. 이어서 황궁, 투란도트의 수수께끼에 도전하겠다고 징을 친 칼라프 앞에 투란도트가 등장하고 첫 번째 문제를 내기 시작한다. 문제를 들은 칼라프는, 부활하고 사라지며, 자신에게도 있는 것이라며 '희망'이라 답을 내놓고, 이어서 두 번째 문제 역시 "공주의 눈을 보면 타올라 괴로워하는 그것은 피"라고 답하며 칼라프는 이제 한 문제만을 남겨놓게 된다. 그리고 제시된 세 번째 문제의 답으로 칼라프는 자신의 불은 당신을 녹일 것이라고, 정답은 투란도트라는 대답을 하며 세 문제를 모두 맞혔다.

투란도트의 세 가지 문제를 모두 풀었기에 두 사람은 결혼해야 하지만, 정작 투란도트 공주는 황제에게 자신을 노예처럼 저 남자

〈투란도트〉. [뉴욕 메트로폴리탄 오페라]

에게 주지 말라고 한다. 그러나 관중들은 물론, 황제까지도 서약
은 신성한 것이라며 투란도트에게 결혼을 종용한다.

이에 반해 칼라프는 불타는 사랑으로 가득한 투란도트 공주를
원한다며 제안을 하나 한다. 이튿날 동이 트기 전에 자신의 이름
을 말하면 기꺼이 죽겠다는 것이었다. 격노한 공주는 베이징 사람
들에게 밤을 새워서라도 그의 이름을 알아내라고 지시한다. 그리
고 이어 제보를 받아 티무르와 류가 잡혀 오고 투란도트는 두 사
람을 고문하도록 지시한다.

류가 "공주님이 원하시는 이름은 오로지 저만이 알고 있습니다"
라는 말과 함께 앞으로 나선다. 모진 고문에도 입을 열지 않는 류
에게 공주는 "무엇이 너를 그렇게 강하게 하느냐"고 물어보고, 류

는 사랑이라며, 자신은 두 번 다시 주인인 칼라프를 못 보지만 그 것이 자신의 승리라며, 할복하여 스스로 목숨을 끊는다.

이제 동이 트고 칼라프는 여전히 자신을 거부하는 투란도트에게 위선을 벗어던지라며 입맞춤을 하게 된다. 투란도트 역시 자신이 졌음을 시인하고, 조금 전의 입맞춤으로 자신은 승리하였다고, 투란도트 공주에게 내 이름은 칼라프이며, 티무르의 아들이라고 대답한다. 투란도트는 드디어 당신의 이름을 알았다며 황궁으로 돌아가 황제 앞에서 이방인의 이름을 알았다고 고한다. 그 사람의 이름은 사랑이라며 두 사람의 입맞춤과 함께 막을 내린다.

푸치니는 이 오페라 배역 중 소프라노 역의 '류'를 두고 심혈을 기울였다고 전해진다. 칼라프나 투란도트보다 많은 두 곡의 아리아를 배정해 놓은 것과 더불어 류의 죽음은 푸치니 오페라에서 자주 등장하는 여주인공의 비극적 결말이라는 하나의 패턴이었다. 당시 유행하는 비극 오페라의 특징이기도 하나, 순종적이고 가녀린 여인상을 좋아하는 당시 대중의 바람을 소화해 냈다고 볼 수 있으며, 전쟁과 파시즘 등 남성우월주의가 세상을 지배하는 시절, 오페라에 투영된 세태라 할 수 있을 것이다.

오페라 〈투란도트〉는 한편의 환상적인 우화에 직접 들어가 있는 체험을 하게 한다. 인공적인 음향을 배제한 매력적인 음의 향연과 화려한 무대, 그리고 퍼포먼스 등은 우리에게 색다른 오페라의 묘미를 느끼게 해준다. 무더운 여름 저녁, 귀 기울여 오묘한 세

달빛동맹 광주 연주, 대구 오페라하우스 제작 〈투란도트〉 공연.

상으로 이끄는 〈투란도트〉를 만나보길 추천해 본다. 드물게 볼 수 있는 이탈리아 판타지 오페라는 여름 블록버스터 영화 못지않은 감동과 재미를 선사할 것이다.

류의 숨이 멎음과 함께 펜대를 놓은 푸치니지만 그는 사라지지 않고 100년이 지난 지금 이 순간까지 불멸의 선율로 우리 마음속에 계속하여 흐르고 있다.

[Tip]

올림픽을 비롯한 스포츠 축제에 TV 방송을 통해 지겨울 정도로 들었던 테너 아리아가 있다. 테너들이 가장 사랑하는 레퍼토리인 'Nessun d'orma'(공주는 잠 못 이루고)에서 마지막 고음부 하이라이트에 등장하는 'Vincero'(승리는 나의 것)이라는 대사는 승리를 갈망하는 모든 이에게 감동과 용기를 북돋아 준다. (빈 슈타츠오퍼의 1961년 실황으로 칼라프 역의 주세페 스테파노의 연주를 추천해 본다/ EMI 음반)

참고문헌

〈단행본〉
• 김계수, 『구미 정치 사상사』(서울: 일조각, 1983)
• 김계영, 『청소년을 위한 서양문학사(하권)』(서울: 두리미디어, 2007)
• 김상태, 『음악미학』(서울: 세광음악출판사, 1981)
• 김수용 외, 『유럽의 파시즘 – 이데올로기와 문화』(서울: 서울대학교 출판부, 2005)
• 김영역, 『라루스 오페라 사전』, Villa, M. C 저(서울: 삼호뮤직, 2002)
• 김용환, 『서양음악사 100장면 (2)』(서울: 도서출판 가람기획, 2002)
      _____, 『19세기 음악』(서울: 음악세계, 2005)
• 김혜정, 『시대별로 본 오페라』(서울: 도솔 출판사, 2006)
• 류연희 역, 『오페라의 역사』 Orrey, Leslie 저(서울: 동문선, 1990)
• 민은기, 『음악과 페미니즘(Music and Feminism), 제1부 음악과 여성』(서울: 음
      악세계, 2000)
      _____, 『독재자의 노래-그들은 어떻게 대중의 눈과 귀를 막았는가』(경기도:
      (사)음악사연구회, 2012)
• 박상진, 『이탈리아 문학사』(부산: 부산 외국어대학교 출판부, 1997)
• 박종호, 『불멸의 오페라』(서울: (주)시공사, 2005)
• 사전편찬위원회, 『음악 대사전』(서울: 신진출판사, 1972)
• 사전편찬위원회, 『음악 인명사전』(서울: 세광음악출판사, 1987)
• 사전편찬위원회, 『음악 용어사전』(서울: 삼호출판사, 1989)
• 삼호출판사 편집부, 『명작 오페라 해설』(서울: 삼호출판사, 1989)
• 신계창 역, 『작곡가별 명곡 해설 라이브러리 베르디/푸치니』, 음악지우사 편(서
      울: 음악세계, 2002)
• 오해수, 『신의 소리를 훔친 거장 1,2』(서울: 삶과 꿈, 2002)
• 오희숙, 『음악 속의 철학』(서울: 심설당, 2009)
      _____, 『음악적 리얼리즘』(서울: 예솔, 1994)
• 유럽문화연구회 편역, 『하룻밤에 읽는 이탈리아 문학사』(서울: 유페아퍼, 2018)
• 윤선자, 『이야기 프랑스사』(서울: 청아출판사, 2006)
• 이기철, 『오페라 카페-Il Tabarro(외투)』(서울: 라쉐나, 2008)
      _____, 『오페라 카페-Gianni Schicchi(잔니 스끼끼)』(서울: 라쉐나, 2008)
• 이덕희, 『음악가와 친구들』(서울: 가람기획, 2002)
      _____, 『음악가와 연인들』(서울: 가람기획, 2002)
      _____, 『세기의 걸작 오페라를 찾아서』(서울: 작가정신, 1994)

- 이성삼,『세계 명작 오페라 전집』(서울: 세광 출판사, 1981)
- 이영미 역,『단테 신곡의 강의』, 아마미치 도보노부 저(서울: 안티쿠스, 2008)
- 이영석 역,『유럽 낭만주의의 정신』, Schenk, H. G 저(서울: 대광문화사, 1991)
- 이용숙,『오페라 행복한 중독』(서울: 예당출판사, 2003)
  _____,『세기의 걸작 오페라를 찾아서』(서울: 작가정신, 1994)
- 이정은,『무솔리니 파시즘을 포장한 예술과 폭력의 이중성』(서울: 객석 2017년 4월호)
- 이찬수 옮김,『지옥의 역사 I』, 앨리스 K. 터너 저(서울: 동연 1998)
- 장문석 역,『파시즘의 서곡, 단눈치오-시인, 호색한, 전쟁광』, Lucy Angela Hughes-Hallet(서울: 글항아리, 2019)
- 정노영 역,『신곡』, Alighieri, Dante 저(서울: 홍신 문화사, 1993)
- 조성애 역,『사실주의 문학의 이해』, Larroux, G 저(서울: 현대신서, 2000)
- 진영선 역,『단테의 일생』, Giovanni Boccacio 저(충남: 그물코, 2003)
- 편집부 역,『음악과 문학』, Aubry, J 저(서울: 삼호출판사, 1990)
- 편집부 역,『음악의 역사와 사상』, Leichtentritt, H 저(서울: 삼호출판사, 1986)
- 편집부 역,『음악의 형식』, Hdoeir, A 편(서울: 삼호출판사, 1990)
- 편집부 역,『오페라』, Streatfield, R. A 저(서울: 삼호출판사, 1990)
- 편집부 역,『가극의 역사』, Streatfield, R. A 저(서울: 삼호출판사, 1990)
- 한국어판 편집위원 역, 『음악의 유산-오페라의 세기(쟈코모 푸치니)』, Ashbrook, W 편(서울: 중앙일보사, 1985)
- 한형곤,『풀어쓴 단테의 신곡』(서울: 한국 외국어 대학교 출판부, 2003)

〈학위논문〉
- 김효신,「한국 근대문화에 나타난 이탈리아 파시즘의 수용 양상 연구」(영남대학교 박사학위 논문)
- 윤해신,「단테의 신곡에 나타난 '자유의지'에 대한 연구」(한국외국어대학교 대학원, 석사 논문, 1998)
- 조은혜,「자코모 푸치니의 오페라 〈라 보엠〉에 나타난 베리즈모 오페라 특징에 관한 연구」(가천대학교 대학원, 2015)
- 최철,「GiacomoPuccini의 오페라 〈삼부작-IlTriticco〉에 관한 연구」(한세대학교 박사학위 논문, 2009)
  _____,「푸치니 오페라 〈잔니 스끼끼〉와 단테『신곡』「지옥」편의 연관성」, (조선대학교 박사학위 논문, 2021)

〈학술지〉
- 김미량,「정치사회 풍자로서 죤 게이의 〈거지 오페라〉 연구」(서울: 신영어영문학

25, 2003)
- 김미영, 「18/19세기 서양 희가극에 나타난 '희극성'에 대한 연구」(서울: 서양음악학 제13-2호, 2010)
- 김효신, 「이탈리아 파시즘과 일본 파시즘 비교 소고」(서울: 한국이탈리아어문학회, 2007)
- 박은경, 「정치이데올로기와 음악비평: 푸치니 오페라 평가에서 드러난 이중적 잣대 분석」(서울: 음악과문화26호, 2011)
- 이가영, 「파이지엘로(Giovanni Paisiello), 솔러(Vicente Martin y Soler), 치마로사(Domenico Cimarosa) 그리고 모차르트의 오페라 부파 들여다보기」(한국서양음악학회 서양음악학 12권 제2호)
- 이상엽, 「Dante의『신곡 Divina Commedia』제 1곡 연구」(서울: 이탈리아어문학 제51집, 2017)
- 이영석, 「베르그송의『웃음, 희극성의 의미작용에 대한 시론』에 나타난 웃음과 희극성 분석」(서울: 프랑스문화예술연구17, 2006),
- 이화병, 「20세기 음악에 나타난 여인」(음악과 민족 제8호, 1994)
- 임병철, 「단테의 문화적 유산에 관한 보카치오와 페트라르카의 숨겨진 논쟁」(서울: 서양중세연구 제34호)
- 임성훈, 「예술과 파시즘」(서울: 인물과 사상, 2009)
- 장문석, 「무솔리니-두체신화, 파시즘, 이탈리아의 정체성」(서울: 역사와 비평, 2004)
- 장미영, 「프리드리히 쉴러의 시민비극『간계와 사랑』의 음악적 수용-주세페 베르디의 오페라 〈루이자 밀러〉를 중심으로」(한국외국어대학 외국문학연구소, 2016)
- 최철·이승권, 「푸치니의 오페라 〈삼부작-IlTrittico〉과 단테『신곡』LaDivinaCommedia」의 상관성에 관한 연구」(문화교류와 다문화교육 제9권 제3호, 2020)

〈해외자료〉
- Adami, G. e Forzano, G. *Giacomo Puccini. 'Il Trittico' Libretti di Giuseppe Adami e Giovacchino Forzano* (Milano: Ricordi, 2002)
- Anne Bowler. 「Italian Futurism and Fascism」, *Theory and Society*, Vol. 20, No. 6, 1991
- Batta, A(Traduzioni Olimpio Cescatti…). *OPERA-Autori · Opere Interpreti*(Milano: Luca Burgazzoli, 2000)
- Carner, Mosco. *Puccini-A Critical Biography*, 3rd ed, (London: Duckworth, 1992)

- Di Gaetani, John Luis. *Puccini the Tinker: The Composer's Intellectual and Dramatic Development*(New York: Peter Lang Publishing, 1987)
- Filippo Tommaso Marinetti. 「Portrait of Mussolini,」 in *Selected Writings*, 1929, trans. R. W. Flint and Arthur, *A. Coppotelli*, New York: Farrar, Straus and Giroux, 1972
- Grout. D. J. *A Short History of Opera*(New York: Columbia University Press, 1965)
- Hugos, S. *Famous Puccini Operas*(New York: Dover Publications, 1972)
- Jamieson, N. 「Puccini: A Bibliographical Sketch」, *The Puccini Companion*(Weaver, William, 1994)
- Lang, P. H. *Critc at the Opera*(New York: The Norton Library, 1971)
- Michel, Girardi. *Giacomo Puccini-Larte Interenazionale di un Musicista Italiano*(Venezia: Marsilio, 1995)
- Michel, Girardi. 「G. Puccini」, *The New Grove Dictionary of Music and Musicians*, Vol, 20. ed., Stanlye Sadie(London: Macmillan, 2001)
- Parker, Roger. *The Oxford History of Opera*(New York: Oxford University Press, 1996)
- Puccini, G. *Il Trittico Partitura Full Score*(Italia: Ricordi, 2001)
- Puccini, G. *Il Trittico Complete Opera for Voice and Piano*(Italia: Ricordi, 2002)
- Randel, M. D. *The Harvard Dictionary of Music*(England: The Belknap Press of Harvard University Press, 2003)
- Ricci, L. *Puccini Interprete di se Stesso*(Roma: Ricordi, 2003)
- Sadie, Stanley(Ed.). *The New Grove Dictionary of Music and Musicians*(London: Macmillan, 2001)
- Weisstein, U. *The Essence of Opera*(New York: The Norton Library, 1969)

오페라 오디세이

초판 1쇄 인쇄일   2026년 3월 16일
초판 1쇄 발행일   2026년 3월 31일

지은이 최 철
만든이 이정옥
만든곳 평민사
        서울시 은평구 수색로 340 〈202호〉
        전화 : 02) 375-8571   팩스 : 02) 375-8573
        http://blog.naver.com/pyung1976
        이메일 pyung1976@naver.com
등록번호 25100-2015-000102호
  ISBN   978-89-7115-901-9 03800
정   가 13,500원